U0882643

万花六记·壹

舒飞廉，剑网3项目组 著

新星出版社 NEW STAR PRESS

序

金山集团高级副总裁、西山居 CEO、《剑网3》系列制作人

郭炜炜

我一直觉得出版《剑网 3》官方小说是一种奢求，这几乎已经是多年的执念了。

今梦想成真，幸甚幸甚。

在开始做《剑网 3》的时候，我便踏上了一条寻“侠”的漫漫长路，也没有想到这一路走来就是十二载。

最早进入游戏行业时就发现网络游戏中的剧情并不简单，因为在网游中根本没有主角这个概念！以前喜欢的武侠小说也好，电视剧也好，单机游戏也好，都是以具体故事形式展现给观众，让读者与主角感同身受，全部情感也都寄托在主角身上，通过曲折的故事线和情感交错让人对整个江湖浮想联翩。但主角叙事的方式却无法带入到网游世界里，因为在这个武侠世界中，玩家成千上万，没有谁是真正的主角，没有绝对的你

错我对，甚至没有小说中那么分明的善恶。也许“侠”是种很微小的体验，对于网络游戏中的每个玩家而言，“侠”都是不同的。在网游里的武侠是去体验设计好的故事呢，还是和别的玩家一起去创造自己的故事呢？没有人能说得清楚这两种方式哪种更迷人，我也相信各有各的独特与精彩。

但很多时候，网络游戏更加注重的是玩家间的互动，这导致大家都忽略了游戏本身如何让玩家去了解这个武侠世界的“扮演规则”！在初期创建《剑网 3》这个江湖的时候，我们推出了很多不同的势力（这些势力有的变成了门派），也是因为这些势力让游戏世界的武侠元素逐渐丰富起来。创建这些江湖势力时，最有趣的部分就是挖掘这些势力和对应人物的信仰。可以说就是由这些势力和人物的信仰组成了《剑网 3》江湖基础的骨骼经脉。

在过去几年中，我在面试新人设计师时最常问的一个问题就是：“你觉得超人和我们中国武侠中的大侠有什么不同？”其实这个问题问的是对东西方“英雄”文化差异的解读，没有标准答案。但作为华人，我们能清楚地分辨出这个是武侠，而那个是超人，无论在影视、小说还是游戏作品中，因为这些都是中国文化的点滴，被深藏在我们心底。

天策的金戈铁马，铁骨铮铮；
少林的古案青灯，舍身入世；
丐帮的幕天席地，逍遥坦荡；
长歌的剑胆琴心，相知莫问；
……

这十二年来寻侠的路上并不孤单。我能和大家一起创建《剑网3》江湖和其中形形色色的人物与故事，完全得益于中华海纳百川的文化和源远流长的历史，这些才是我们最宝贵的财富。

我希望通过《剑网3》系列人物传记小说的出版，能对这个江湖中的部分角色诠释一二，也希望能有更多极具才华的玩家参与其中，一起构建这个几乎永无止境的武侠世界！

武侠是个广阔的永恒话题，任何一部作品都难免以偏概全去探其本质。但我希望玩家也好，读者也罢，都能在《剑网3》的世界中找到一处属于自己的江湖——因为这江湖早已流淌在我们血脉之中！

目录

第一章 黄粱记

一

“我们喝的，是黄粱酒，还是黄梁酒？我们来到的这个小山村，是黄粱村，还是黄梁村？好妮妮你快给我讲讲！”上官星雨的声音好听，脆生生的，胜业坊里富人家小姐们的腔调，就像二月渭河柳树下正在消融的春冰，她长得也好看，将脸上的灰泥洗去，还算是一个娇俏伶俐的丫头。李离坐在她对面，听她叫着妮妮，一张俊俏的白脸急得粉红，左右手绞在一起，比袁安、吴耕，还有上官星雨都显白、显小，瘦韧修长，这么一个又白净又贵气的小伙子裹在一套宽广而肮脏的乞丐行头内，就是那什么，对，沐猴而冠！吴耕粗声大嗓的，好像在长安的时候，天天由卖炭翁的挑子里偷炭圆吃，弄坏了嗓子，还长出一身黑肉，他说：“管他黄狗白狗，上梁下梁，我只要这贼老天早点儿黑下去，月亮早一点儿升上来！”

这是我们结识以来，最安逸的一个下午吧，袁安转动着手中的粗陶酒碗，微笑着去看他的三个小伙伴。三个月前，他跟吴耕大清早由朱雀门跑出来，逆着往朝市赶集的人流向外走，就像在顺流而下的广大鱼群里，拼命往上游摆尾的两条小鲤鱼。西风阵阵，将梧桐“鬼拍手”般的大叶吹到人们的脚下，将银白霜华吹到贵人们的宫瓦上，朝阳升起来，光芒如金，东市西市，一条一条照亮京城的千百街坊。恍惚间，长安城就像万千口大窑，火光如布，烟尘滚滚，在他们背后熊熊燃烧。那样的繁华与鼎盛，那样的衣冠与百业，那样的屋宇与花木，真的要像一场美梦被烈火烧成灰烬吗？十年为期，真的会有一场变乱，撼动帝国的根基，让那些清逸高贵的王孙公子、英武骄横的将军武士、兢兢业业的文臣士子不知所措，茫然奔逃，眼睁睁地看着他们风华绝代的帝都沦落到泥土里，化作野草狐丘的荒墟？不可能的！这些盛世的尘埃，凭着近百年大唐亿万生民的精血凝聚起来，每一座城，每一条街，都是铜浇铁铸一般，沧海桑田变换的是山河，帝国的基业却会往后流布千万年。

袁安并不相信母亲的话，但还是背着行李卷，被母亲推出了家门。门窗在他的背后关上了，她一定是吹灭了灯，坐在黎明前暗黑的房间里一边化妆，一边流眼泪，像一只赶走狼仔，在石洞里自己舔着伤口的母狼。“我愿意你到江湖上去，这个长安城已经像一枚西域传来的丝瓜，就要熟透了。”就是不去理会那些大厦将倾的盛世危言，她的话也是有道理的，江湖里海阔天空，她做不成红拂女，去不得七秀坊，她的儿子却已经长大了，他能够抛下妓女私生子的名头，去做风尘中的游侠，好汉李靖不是在富贵里滋养出来的，而是由乱世的血河里厮杀出来的。乱世？花无百日红，世无百年平，乱世不是要来了么？

两个月前，他们俩在潼关下的风陵渡，又遇到了李离跟上官星雨，要是在从前，城东锦衣玉食的公子小姐，跟城西脏兮兮的混混小厮，哪里处得到一起！吴耕请三个人吃肥滋滋的黄河鲤鱼，他在河滩前叉到烤熟的！黄河就在他们点起的小火堆边奔流，河水苍黄，隐隐升腾出阵阵水腥气。船夫们讲黄河鲤鱼这两年忽然改了脾性，竟吃上了淹死在河里的人的肉。上官星雨皱着眉，哽着嗓子，吃不下，招呼李离也别吃，李离怔了一下却没住手，日后想要在这个长安城以外乱糟糟的江湖中活下来，能够不直接吃人肉，就是撞大运了。四个孩子吃完鲤鱼后抹抹腥嘴，爬上岸，继续按图索骥朝南走，太白山，终南山，一坡更比一坡陡，一山更比一山远，秦岭的风雪与草树，终于可以将他们四粒仓皇的身影藏起来了。袁安是十六岁，李离、吴耕十五，上官星雨最小，十四岁，他们在华阴县下的一个破庙里结拜成兄妹，袁安年长，堪堪成了大哥。当晚挤在破庙外的和尚们在秋收后搭起的麦草堆里，麦草光滑温暖，袁安面临着他担任大哥以来的第一道难题：前面的路，在哪里？

走吧，去万花谷。不是我们那个粉腻奢华的百花谷，是秦岭群山中的万花谷。母亲在临别之前，对袁安说的。母亲的百花谷是平康坊中有名的妓院，各国各州的美人，黑如炭，白如玉，形形色色，环肥燕瘦，满坑满谷，她是那里有名的妓女，温和，好看，忙得很少能回家看他。她将袁安偷偷养在外面，请人来教他读书、习武，她说他是由育婴堂抱来的，并不是她的亲生儿子，一个妓女是不应该生孩子的。她赶袁安走，自己却要留下来。“来的都是客，我舍不得长安，我来这里已经三十年了。”她擦着眼睛，这是她第一次在袁安面前流眼泪。她还活在那个将要被烈火卷烧的美梦里吗？母亲的百花谷，袁安小时候偷偷去看过，华丽的衣裳，漂亮的人儿，经久不散的女人香与酒臭，官吏打拱，公子摇扇，江湖客挂剑挎刀，是个有意思的地方。可是这群山之中的万花谷在哪里呢？母亲说有客人曾经跟她说过一句话：“白雪皑皑，冬月盈盈，黄粱有梦，万花有因。”万花谷就藏在这句话里面。另外又讲：“龙化成鱼，城化为池，乱世流离，十年为期。”据说大唐的命运藏在这句话里面。

这三十二个字，李离也知道。父亲拿着剑，醉醺醺地盯着站在院子里的一二百口人，他的妻妾子女、丫鬟仆妇，过去二三十年，他领着这些人，在这个梨花院落、灯火楼台里享尽荣华富贵，现在他执意要爬出他的温柔乡。“你们走！每人去领一包袱金叶子，由长安城不同的门出去，别窝在一路，运气好的话，十年之后，你们总有几个人能活下来，记得给我们这些死人烧纸！”父亲听信那些江湖人哄传的鬼话，为那个传说中十年后的“国难”毁家渡劫。他的姬妾们都说他疯了。他其实一向都有一点疯疯魔魔的。喝喝酒，写写诗，打打猎，逛逛百花谷，不好吗？他却要回他的羽林军中去。李离想跟他一起，他已经学会了骑马射箭。父亲红着眼睛推他走：“将来我一个人殉这个国这个皇帝就可以了，你活下去，大火烧过之后，要有新种子长出来！”万花谷？是父亲出去喝花酒时，听他的那帮狐朋狗友讲的吧，他们说，在秦岭的万山中，另有一条隧道通向万花谷，白雪皑皑的明月夜，隧道的出口就会被发现。一场黄粱梦，就像秀才们投来的传奇卷子里编的？非也非也，隧道在一个名叫黄粱村的村子里，这个村子里，有一半的人姓黄，有一半的人姓梁，他们的确是在村子外面的山坡上，种满了黄黍与高粱。“我一直想去找找看，可能已经没有机会了，你替我去，看看万花谷，看看我们大唐的那个桃花源，没有和那个东方宇轩结交成朋友，是我此生最大的遗憾。”父亲在李离的耳边低语，他身披甲胄的样子跟平时不一样，微胖的身体与脸庞挤在铁甲里，显得有点儿滑稽。在十几个子女中，他是父亲最怜爱的孩子，父亲希望他是那场莫须有的大火里，埋得最深的一颗青松的种子吧！

走，就去万花谷。四个少年草堆夜话之后下定了决心，他们鸡声茅店月，人迹板桥霜，风餐露宿，翻山越岭，在离别长安三个月后，果然在漫漫风雪中找到了黄粱村。当日风停雪霁，阳光闪耀在山岭间的积雪上，袁安带着三个小伙伴投宿到黄粱驿，旅店不大，也不算小，七八间客房里，住下了三十余位山外来的客人，客房后面，围栏围住七八堆麦草垛，三十余条膘肥体壮的黑驴围着草垛吃草料，慢条斯理，从容不迫，这些驴子，大概是用来代替那些被征走的马匹的。黄粱驿掩映在一棵大槐树下，夏天的时候，它一定是亭亭如盖，将驿站拢在树荫里，蝉蜩爬在树上鸣叫不停，现在冬天到了，木叶尽脱，虬枝铮铮如铁，千百条光秃秃的枝丫间，七八个雀巢露出来。驿后就是土篱茅舍的黄粱村，半埋在积雪里。他们去敲门问路，果然有人姓黄，有人姓梁，“你们知道万花谷吗？知道去谷中的路吗？”雪盖冰棱下的木门，门后村民的脸多半包在深黑头巾里，茫然地摇着头。

但是住在旅店里的人，都知道万花谷啊，三个字，就像黄粱驿的老板娘刚由蒸锅里掏出来的雪白馒头，烫手烫口，在大伙中间传来传去。黄昏时分，落日熔金，返照在前面雪岭间，气派堂皇，人们由房间里走出来，坐在前厅的木桌上吃馒头，喝着令人浑身发热的稠胡椒面片汤，有钱人，叫上一碗碧澄澄的黄粱酒，一盘红烧驴肉，就着麦酱吃，这光景，岂是一路风餐露宿时能够想到的。“白雪皑皑，冬月盈盈！”他们都在长安的殿堂或陋巷里听到过这句话。如果万花谷是人间的天国，那么他们现在坐在黄粱驿，就是坐在天国的台阶上。他们和吴耕一样，都在盼望着夕阳沉下去，月亮爬起来，万花谷的入口，像一枝莲花一样升上来，不可思议地出现在群山之间。

“馒头十文一个，酒一百文一碗，驴肉一两银子一斤，房间十两一晚！你们掏得起钱，就只管住，别问我万花谷，本姑娘不知道，要是我知道，就一百两银子指个路！”旅店的老板娘端着一盘盘馒头驴肉走在客人中间，一身粉红衣裳好像是由荷花裁出来，绣襦后香风阵阵，说话的声音糯糯的，有一点南方人的口音，看上去二十出头，瓷白温丽的一个姑娘家，模样和和气气，开口就是钱钱钱，唉！光是这驴肉就一两一斤，她驴圈里三十多头驴，值多少钱，要是她真能指出去万花谷的路，那得赚多少钱啊。吴耕将账算给袁安听，一边李离听得直撇嘴，他的金叶子，还有一小半呢，住这个店，到春暖花开，将驴子吃光都没问题。上官星雨却盯上了她裙子上淡紫滚边的花纹，这样的绣工，可不是山村里的卖酒女穿得起的啊，她左右手腕上叮当作响的金的银的翡翠的手镯也是值钱的，她的脸比起村里的少女们，也太白太细嫩了。这个粉红荷花衣的老板娘不会这么简单，这么温存好看的小姐姐，她会在酒里放蒙汗药吗？也许会在馒头里、驴肉里，或者酒加上馒头加上驴肉一起吃就会中招？我们现在好歹也算是行走江湖上，多一个心眼是应该的。

“这驴肉不比西市胡姬酒肆中的差啊！听说万花谷满山满谷都种着花，长着草，养得牛羊满山遍野，野猪成群结队，是一个可以天天吃肉的地方。有一个由六诏来的小丫头，会用花瓣酿‘百花酒’，唉哟喂，老子想到这个，肚里的酒虫，就一拱一拱地往喉咙里蹿！”左边桌子上一个满脸胡子的大叔在朝着他身边的几个兄弟嚷嚷，由他腿边包袱里露出来的泥刀与灰板来看，他们多半是长安匠作行里出来觅活的师傅吧！“大叔我听说张遂由我们匠作行出走，在嵩山出家当和尚，现在就在万花谷里修楼筑屋，他将名字改成了一行，人家说他是提醒自己做和尚要一心一意，我看他还是犯着在长安时的臭脾气，觉得自己是鲁班再世，匠作行他是第一！”接话的是胡子大叔下首坐着的一位刀疤脸大叔。大叔们这是要去万花谷盖房子趁钱吗？

“到时候‘龙化成鱼’，这皇帝都会跑路的，还哪里去考进士找官做！兄台你说得对，不做良相啊，咱们就做良医。咱们早早去了万花谷，单单就去找孙思邈那老爷子老神仙，他要是愿意将脉象和方子传一点给我们两个，不比记那礼记春秋道德经强得多，一辈子吃用不尽！论起医生，我觉得妇科小儿科最好，给小儿看病来钱，给夫人小姐看病饱览人间春色……”右桌是两个秀才，也算得骨骼清奇，一个像白山羊挂着红袍子，一个像黑山羊挂着紫袍子，红袍子说完，紫袍子接着讲：“你就是丢不了财色这两口浊气，难怪座师说你的文章写得狗屁不通，像吃了三斤黄豆憋着气，又像一孔瓦窑散不了烟。我们见到了药王他老人家，还不赶紧磕头，求他将长生不老仙丹的法子传给我们，老神仙由太宗朝活到高宗朝，又接着给武曌皇帝看病，跑到侠客岛去装死人好多年，现在又在万花谷里做活神仙，我们进了谷，要求，就趁早求个不死方！”

袁安往前桌看去，一家三口坐在哪里，男人胖胖的，油乎乎的，幞头横刀，捕快打扮，不作声，他一样肥胖的老婆正在唠叨：“你这活该砍头的贼汉子，运气又坏，破不下案子，被老爷今日一批，明日一比，活生生将我们家婉儿的琴棋书画给耽误了。屋漏偏逢连阴雨，破船又遇打头风，你看前天死了教琴的赵师傅，昨天又死了教棋的秦师傅，今天又死了教书法的孙师傅，明天这教画画的李师傅活得长？我起早贪黑，领着婉儿由琴房到画室，由棋院到书院，盼望着将她教成开唐第一女神童，现在好，大什么大，唐什么唐，他们说这样的老字号都要关张了！这样的世道要是只剩下十年工夫，我还怎么能静得下心来调教孩子？老娘心里乱糟糟，像一个鸡窝似的。等不起，走得起，只是不晓得，这万花谷里，开书院的是不是颜真卿颜老师，教琴的真的是苏雨鸾姑娘，和我一起跳胡旋舞的大姐说苏姑娘的相好林白轩也到谷里来开画室了，要是这样，多花一点学费算个屁！”一口关中京腔，说得她男人直想伸出肥手捂她的嘴，一边的小姑娘一张胖脸羞得通红，恨不得埋到面前的馒头山里。袁安觉得这家人挺面熟的，他在巷子里闲逛，很多次都看到胖女人一手提着琴，一手拉着胖婉儿的手，急匆匆地往前走，一边嘴里各种埋怨，这是无数的街头小景中的一件，正是这些琐碎的日常，一针一线，织成了当下十万人家富庶繁华的京师吧，他以为这样的盛世，会是一千年、一万年，他读书学武，游荡在街巷里，母亲在百花谷迎来送往，打情骂俏，达官贵人、三教九流在他们俩的小世界之外沽色生香地活。三个月后，回望过去，他们不在其中，那也不过是一场做得有些长又太过热烈的绮梦罢了，他们真的由梦里醒来了吗？胡子大叔、秀才哥哥，还有胖婶，你们掉在这个流言里，不愿醒来，是想搬去万花谷里继续做梦吧！

我们呢？袁安将目光收回来，去看他二个听得目瞪口呆的小伙伴。吴耕将嘴里含着的馒头取出来，认真地说："我不想学武功，也不想学医术，也不想成仙，我想去万花谷种地，我们几个搭一个茅草棚子住着，早上起来，赶着一头水牛，河边种水稻，坡上种小麦，再养一群鸡、几只鸭、两只鹅、两头猪，光种花总归是不行的，花好看是好看，能填饱肚子？"听得李离直拍腿："吴耕兄弟你说得对！桃花源里人也不能光种桃树吃桃子，刘肇阮晨遇到的小仙女，也会种芝麻呢！我们去万花谷里，种地开菜园子，好是好，就是忘了带上小麦高粱的种子，也忘了牵两只猪崽，揣一窝孵窝的鸡蛋，怎么办？"一席话听得吴耕直挠头："这个我们的确准备得不周全，我们今晚上要不不去万花谷吧，让他们先走好了。明天早上起来，我去赶个集，顺便还买几把锄头镰刀？"李离惯会逗憨直的吴耕，两人一问一答，听得上官星雨捂着嘴乐不可支，直啐"死妮妮"！那边厢，一直皱着眉头送驴肉的老板娘也回过头来，冲着吴耕这个一本正经的黑小子莞尔一笑。她眼睛亮亮的，龙眼核一般，笑容明艳无比，袁安心里想，也许吴耕说得对，今晚去不了万花谷，也没什么了不起，黄粱驿是一个值得多住几天的地方，黄粱酒好喝，馒头驴肉好吃，这个老板娘小姐姐，又如此好看。

说话间，夕阳西下，一丸金丹，堪堪嵌在山脊线上，扑通一摇，便掉进另一侧的松林山岩间！西北风由渐渐沉寂的雪影霞光里吹来，带着刻骨的寒意，寒意里又有一线温暖，那是由黄粱村的屋瓦间升腾起来的炊烟。屋顶下村妇们蒸煮黄粱，食物的香气丝丝缕缕弥散在黄粱驿里，提醒着这些远道而来的客人，他们经过了一段山重水复的艰辛旅程，却并没有走到世界的尽头，依旧停留在纷纷扰扰的人间。

一群喜鹊由村子里觅食归来，黑背白腹，回到榆树间雀巢上呀呀鸣叫。

黑驴们在黄粱驿的后院吭哧吭哧，不甘寂寞地吵嚷成一片，如刀的暮寒里，你们在推选下一位下汤锅的英雄吗？

冬月十五，寒月团团，如琢如磨，已印刻在东方暮紫沉沉的群山之巅！

二

总会有一位旅客，在由长安出发之前，已由旧雨故交里打听到了去万花谷的路，会主动站出来，带领大家离开黄粱驿，走向月光照耀的迷宫一样的山岭，发现那个草木交缠的洞口。虽然口口声声说不知道什么万花谷，但老板娘心里一定也是像吞了萤火虫似的，知道去万花谷的沟沟坎坎，也许就是下一刻，她就会由墙壁上取下气死风灯，提在手里，温柔地一笑，对这三四十个长安客说：“你们已将十两一盘的驴肉吃完了吧，现在跟我来，今晚我们不住黄粱驿，万花谷的床铺更温暖！”可是，油灯照明的厅堂里，人声渐渐沉寂下去，月色悄悄侵袭进来，并没有带头的旅客站起来，说一句“大家跟我走”，老板娘靠在她的柜台上，只是一心一意地摩玩着她皓白的手腕上的金环、银环和玉环。月亮离开了积雪的山脊，划向繁星点点的夜空，由一面铜锣变成了玉盘，寒气如针，冬夜何其漫长。

“此村是我修，此店是我开，要想从此过，留下买路财！”

正是众人想睡，又不敢合眼的关头，黄粱驿的驴皮门帘一挑，月色里，闯进来十几个戴着面具的壮汉！男人们跑得满头大汗，酒臭醺天，黄袄黄裤，蓬着头发，脸上挂的面具花花绿绿，刻得却是精细，突睛凹鼻、如鬼似魔，手上拿刀的拿刀，捏锏的捏锏，有几个还在肩上扛着两把铁锤，精光闪闪，看来开唐英雄李元霸宇文化及用锤的神功，此地犹有遗风。打劫的话，是领头的身量最高的壮汉说出来的，故意哑着嗓子，瓮声瓮气，声量不低，将厅柱间的灰尘都震得簌簌往下掉。喊完话，他又朝正在剔指甲的老板娘打招呼：“来晚了来晚了，今天梁二狗那小子娶媳妇，我们多喝了几杯，二狗子跟他媳妇进了洞房，其他的人，还想闹洞房，我不同意，我们还要干一票大的，打完劫再闹不迟，人我都带来了！”众人随他挥手的方向四处一看，我的天！大厅四围的窗下，几十支火把焰光熊熊，这男子已经领了百十号人，将黄粱驿团团围起来。黑店！山贼！我们由长安这个明日的大火炕里逃出来，又掉进黄粱驿这个现世报的小火炕里啦！

胖捕头“啪”地一拍桌子站起来，他胖老婆与胖女儿躲到他身后，捕头喝道："你们想干什么！光天化日之下，还有没有王法！"袁安听着，心里想，其实应该说是"光天化月"之下吧。长身壮汉将面具脸转过来。上官星雨小声说："这个黑钟馗的面具，又野蛮又精细，红如血，黑如墨，我喜欢的。我看他们多半是后面村里的，这些面具，过年演傩戏时，也用得上。"李离是冷眼以对，吴耕的一张黑脸，却吓得有一些发白了。只听那壮汉道："什么王法，现在王法在长安城，在梨园里看戏，王法罩着的杨玉环那肥婆娘，正在大澡盆里，洗她由范阳收来的养儿子呢。在这里，对不住了，我老黄的刀就是王法！"

老板娘剔着她的指甲柔声道："老黄你小点声，别吓着大伙儿，你来抢钱，戴我给你们做的驴皮面具不好吗？个个弄得凶神恶煞，像跳大神，好歹他们都是我的客人啊！"她声音不高，老黄却听得进去，与她熟识既久，憋出来的恶气稍泄，火焰山一变为绕指柔。

左桌上的工匠大叔们不服气，由包袱里抽出泥刀，齐刷刷站起来："要钱没有，要命，我们这里有四条，你们来拿！"匠作行的爷们，喝了一肚子黄粱酒，硬气。

旁边的红秀才跟紫秀才讲："说好的去学医，跟人家学长生不老术，没成想走到黄粱驿，就将头皮断送了，早知道，就不该信那帮穷酸囔囔的万花谷，他们在长安城里花天酒地醉生梦死，骗我们出来找神仙，我们走到头了，我只想求这些山贼大爷，杀我时用刀抹我的脖子，莫用锤子敲我的脑壳。"

一席话，听得那老黄哭笑不得："你们放心，放心，我们只抢钱，不要命，我们的行动，都得按鸟窝大师给我们写好的脚本。总之我们黄梁村的山贼，跟秦岭、太行山、大别山的山贼都不一样，跟十二连环坞的也有很大不同，我们要脸，不要血。”可是这位兄台，你要脸，为什么又要用黑钟馗面具将脸遮起来呢？真英雄，好汉子，打一个劫，蒙着脸有意思吗？

胖捕快问：“鸟窝大叔来了吗？”这英明神武的鸟窝大师要是来的话，会戴着鸟喙尖尖的鸟面具，头发也会乱糟糟的可以盛鸟蛋吧，袁安想。

老黄说：“他没来，那梁二狗就是他儿子，他刚才喝醉了。就是没喝多，他也不会来，鸟窝大师是个瞎子，他不抢钱，只会编故事。他给我们的傩戏编故事骗鬼，给黄梁驿编故事骗人，他最有名的故事是万花谷。他上知天文，下知地理，去过天宫，游过地狱，能说会道，能掐会算，坐在家里编好了，就让我们派人去长安讲，跟那些算命的、讨饭的、和尚道士、三姑六婆讲，在妓院里讲，在酒楼上讲，在泥巷里讲，由南坊讲到北坊，由东坊讲到西坊，那东方宇轩怎么跟他爹吵架，跟他未婚妻闹翻，怎么与万花七圣结拜，怎么弄了个万花谷，万花谷的弟子这些年，在江湖上又闯出了什么样的名头，七星逍遥阵是天下第一阵法等等，万花谷的入口就在我们黄梁村，什么龙化成鱼城化为池，什么乱世流离十年为期，什么白雪皑皑冬月盈盈，什么黄粱有梦万花有因。长安城里的那些老爷太太，公子小姐，秀才军汉，吃饱了饭，就爱信这一套，天子脚下锦衣玉食的日子不爱，每年都带着大包小包的银子来照顾我们的生意，哈哈哈！你们几个瓦匠，靠泥刀苦哈哈趁钱，秀才靠青灯黄卷背书骗钱，你个捕快靠横刀刀头舔血赚钱，我老黄带着兄弟们蒙着脸抡锤子大刀抢钱，都不如鸟窝瞎子编故事骗钱来得快！”

原来如此……母亲在妓院里听到的，李离的父亲由酒席上听到的，那些不可思议的故事，那些流光溢彩的传奇，都来自一个在深山里信口开河的老瞎子，就像柳毅遇到洞庭龙王，魏征砍掉泾河龙王的脑袋，这样半真半假的传奇，茶余饭后是很好的消遣，可是你选择了相信它，并因此跋山涉水梦寐求之……袁安抬头盯着李离看，李离将手捂在双眼上，四个少年，一时间觉得之前吞到胃里的黄粱酒，比黄连胆汁来得都要苦。

万花谷是假的。

你们能走进深山里，却走不进故事里。

最先哇的一声哭出来的，是胖小婉，琴棋书画怎么办？再到哪里去找这样天神一般的老师？开唐第一女神童梦碎，接着痛哭的是她的妈妈胖婶，一路上，她念叨了多少次苏雨鸾林白轩，这么好听的名字，生来就是做老师的啊，也是杀千万的老瞎子编的吗？连胖捕快，都拄着他的横刀抹眼泪，其他客人跟着叹息顿足，将盛酒的陶碗往地上扔，啪啪摔碎，一时大厅里伤感的气氛聚集起来，就像大雪之前会聚在天空中的密云，不久就要天愁地惨地扯起雪絮。

“哭归哭，银子不能少！你们乖乖将银子掏出来，放到桌子上，我与兄弟们来收，收完你们就滚蛋！我也不白要你们的银子，后院拴的那些黑驴，稳健如山，飞快如电，你们都看到了，一人去牵一头，乘着雪光天、月亮地，天地我独行，走得是越远越好！”老黄的这些亮堂流利送客的下场话，也是鸟窝大师故事脚本上写好的吧，唉，好故事难免酸腐味，就像一桌子好酒菜，总免不了臭豆腐与腌皮蛋，要是能将那个故事的底本，拿过来看看就好了，上官星雨心里想。

十文一个的馒头，一百文一碗的酒，一两银子一斤的驴肉，十两一晚的房间，一千两一头的驴！这温柔的老板娘伙同老黄鸟窝大师，开出的是我大唐最黑的黑店吧，故事就是黄粱酒，就是蒙汗药。说是不杀人不见血，山贼的话，能信吗？几十号客人抹干净眼泪，叹着气，纷纷将怀里金锭银锭宝石珍珠掏出来往桌子上刚才盛馒头的盘子里放，这乱糟糟的人世，第一不缺的，是人命，第二不缺的，就是金银。要钱不要命，要命不要钱。这个江湖求生的道理，都懂。一时间，七八张桌子上，堆的金山银山，在四壁油灯的映照里，煞是好看。老黄挥手，几个山贼由腰里抽出备好的麻袋，

“等等，你们在拿走金银之前，也要问问我的泥刀！”大胡子工匠立在桌旁，右手捏着泥刀，双脚扎起了弓步，他的三个兄弟也抽出泥刀跟在他身后，长安匠作门，泥水刀法，浑水摸鱼，砍头如砍砖，杀人如起楼，筑屋盖房用得着，争场打架也用得着的。做房子的时候用泥刀兢兢业业，打架的时候用泥刀，那是威风凛凛。

“我这横刀也不同意！”胖捕快走到两排桌子之间，摆出了横刀十三式的起手式，铁气激袖，刀光生寒，令他由怕老婆女儿的班头，顿时变成威严肃杀、令人可畏的名捕。

袁安看着他们桌子上，李离不情不愿地拿出来的半包袱金叶子，摇摇头，也站起身来。四人中，袁安的拳脚功夫可能是最好的吧，一路上，咬吴耕的狗，偷李离的贼，调戏上官星雨的乡村流氓，都是由他负责打发掉的。他的拳法名叫百花错

拳，却并不是母亲请来的武术师傅教会的。母亲在百花谷里，有时候会遇到江湖客，她会要他们写一个他们最爱的门派中的招式来抵嫖资，她出身山西大同的名妓，她床上的招式也是很好的。她回到家，将这些急就章画得歪歪倒倒的招式图谱给袁安看，袁安自己学会了，去比画给师傅看，却被师傅笑话很多次，说与其叫百花错拳——在百花谷里得来的画虎不成反类犬的拳，还不如叫王八拳呢！你一个在妓院里长大的孩子，弄点石灰包小匕首辣椒水什么的玩玩就行了，还要找师傅学拳，学拳就好好学，我好歹也算长安城里教拳的一个名师，一个少林罗汉拳学好了，两只铁锤舞得有模有样，就受益终身，搞不好就进羽林军中给那些王子皇孙当差了，偏又弄这乱七八糟的王八拳，唉！师傅在一身树洞的老柳树下摇着头。不管他，现在身上没得石灰包辣椒水，王八拳就王八拳吧，为了李离的金叶子，拼了。

你不想杀人流血，人家却不同意和平抢劫。好在鸟窝大师早已料到这一节，在他的大唐变文兼杂剧《万花记》里讲得明明白白：人少势弱则围之，人多势众则逃之。老黄一招手，十来个山贼由门外拥进来，杀气森森逼人，八个拿锤子的围着匠作行四杰，四个举锏的包抄了京衙卫的名捕，老黄自己抽出刀，稳稳朝赤手空拳的袁安走来。

泥刀上下翻飞，戳抹钩挑，如在墙头敲砖，在河边砍树，在铺中打铁，在水中逐鱼，很快就验证出，十六个锤子里有八个是榆树木头雕的，八个是破布乱絮扎的；胖捕快的横刀是出自弩坊署好货，刀头的那一点百炼千回的刃钢，不就是我大唐的精气神么？几番劈刺，就将四把中两对锡浇巨锏断成两截。

袁安由少林寺的什么龙爪功到纯阳道的纯阳诀，由天策府传说的虎牙令到七秀坊秘制的猿公剑，照猫画虎，却也逼得老黄左支右绌，狼狈不已，左一个枯树盘根，右一个猛虎下山，只觉得头重脚轻，刀重人轻。连程咬金的三板斧都没学会，老黄你还出来打劫！一场架如火如荼，一时难见分晓，黄梁驿用不上明早的一把火，马上就会被山外的来客与此地的山贼打得粉碎。

胖婶看得点头，红紫秀才也拊掌叫好，吴耕、李离、上官星雨都紧张得站起身不说话，他们的带头小哥哥果然有两下子，力敌贼酋，不只是降猫伏狗的三脚猫把式。如此良夜，山中逆旅，酒酣耳热之余，论刀论剑，由塞外的龙门客栈到山西的灵石旅舍，金香玉、红拂女们，都是这么一个玩法。那边观战的老板娘却不愿意了，停下剔指甲的手，朝堂下看过来，柔声埋怨老黄："你们花钱请我来做这个掌柜，就得爱惜这个店子啊，难道今年赚了钱，明年就关门么？你们的命不值钱，你们头上的面具可都是传了好几百年的，打破了多可惜！你们扮山贼倒是十足，一个个像由十二连环坞出来的！"老黄听是听到了她的话，可袁安这小子的龙虎爪已不可思议地直奔他胁下了。匠作的快泥刀捕快的疯横刀也停不下来。老板娘不急的，微微一笑，双手一撑柜台，削肩细腰，身体箭一般的射出去，在半空中游龙惊鸿似的绕行一圈，芙蓉并蒂、傍花随柳、浮花浪蕊、玉石俱焚、兰摧玉折、钟林毓秀，隐隐指掌，如梦如幻，缓急中节，又稳稳落到柜台里面来。飞绕一圈，腰身宛转，好像鱼游水中，电光石火的工夫，李离他们只见老板娘手指上下翻飞，手腕上的环佩叮当繁响，认穴戳脉的本领，妙到毫巅。一时间，场上争生赴死的十几个人，被她或撞或拉，拂上穴位，麻痒不禁，呆头鹅般停了打斗。

果然是山村的土豪啊老黄！你这是花了多少钱请来的女掌柜啊，鸟窝大师你也高明，编演故事，第一是要有一个腰越细越妙的美女撑着门面。

“钱财身外之物，你们留给黄梁村。那些黑驴是他们由山东蓬莱买来的良种，仙！春夏吃山上的红豆草紫苜蓿，秋冬吃小麦秆高粱秸，髓丰肉香，筋强体壮，一头也值几百两银子，你们不见得就吃了多少亏。一人一头，牵着走吧！世上本无万花谷，无须雪夜问津渡。桃花源中千般好，无缘何必来相促。黑驴吃了好几天的草料，都是饱的。你们出山之后向南走，过了淮河，就是江南，你们怕长安有事，江南总还是平安的，江南不行，就往六诏去吧，只是现在六诏也未见得安宁。”老板娘一边说，一边由柱上取下铜钥，推门向后院走去。

事已至此，如何强求？众人由桌边起身，跟着老板娘去后院挑驴，只余下老黄他们如梦方醒，戴着面具，忙不迭地将桌上的金银财宝塞进麻袋里，肩扛背驮，回村去讫。众盗一边觉得富贵险中求，这回点子这么扎手，如果不是请到得力的老板娘，免不了鸡飞蛋打，面具扫地，看来鸟窝大师也不见得事事能中，瞎子毕竟就是瞎子嘛。

月光如银，镀在积雪之上，群山中间的大路雪深盈尺，客人们骑着健步如飞的黑驴，如在梦寐。果然是大好河山好骑驴也乎哉！红紫秀才已下定决心，去花红女娇的南方做一代名医。胖大婶想起来的，是另外一句诗，腰缠十万贯，骑驴下扬州，她丈夫在京城做捕快挣下的家当，还有一大半藏在驴背上，扬州的琴棋书画不坏的，人家七秀坊的减肥舞也是十足地好。匠作坊四杰倒是不在乎江南江北，只是念着老板娘的好，柳眉鹅鼻人好看，细腰宽臀能生养，一身武功又深藏不露，其实心肠也是蛮好的，只是好好的姑娘家，为么事要当山贼学打劫？

老板娘呢？老板娘站在榆树下，转着金环银环玉环的手腕剔指甲，看“老黄”带着他的傩戏班大包小包回村去，村里柴门闻吠，风雪夜归人，狗吠儿啼之后，闹完梁二狗的洞房，再灌一肚子的黄粱酒，睡！人声渐寂，一盏一盏灯火熄灭，他们布下的这一出黄粱梦，终于弄到了钱过年，也没有伤到人，自己自荐做老板娘，十余日的辛劳，还是值得的。明年鸟窝大师他们还会继续设局吧，这样的浮华世界，桃源故事，就像酒席上面开胃的山珍野菜，在这个盛世华年里，当然可以卖出好价钱。

可是，为什么她还是觉得有一些伤感呢？因为这些养了十几天的驴子吗？也许是的，从此它们将天各一方，跳梁奔忙，再也不会聚到一个草垛边吃草了。是流着泪的婉儿姑娘？她在她的梦里，一定已经到过万花谷无数次了，却不知不觉与之擦肩而过。那几个工匠也是，他们手艺那么好，其实可以去修凌云梯，去修云锦台的，一行和尚与司徒一一需要这样的熟手。这两个秀才像由泡菜坛子里拎出来的，他们真应该让孙老神仙好好调教一番，没事让他们凑在一起说回相声也很好啊，谷里什么都好，就是被琴棋书画这些钩当弄得一个个文绉绉的。她觉得有眼泪由眼眶里涌出来，啪嗒啪嗒滴在白茫落户雪地里，砸出细小的雪窝窝，要是让“老黄”回头来看见，让那两个老家伙看见，又会笑话她心肠软、刀子嘴豆腐心吧。想到这里，她赶紧往回走。

月色雪光映照的黄粱驿桌椅成行，已经空空荡荡，前厅四壁的油灯，明黄焰光跳闪犹未灭。

老板娘推开门，看到那四个少年，坐在正中的木桌边，扬扬得意，乍惊乍喜。

是的，假作真时真亦假。

信则有，不信则无。

我们还是等来了几个年轻人。

但愿他们不让宇轩大哥、我与那两个吵着要一起做接引的老家伙失望。

三

“宇晴姐姐！”上官星雨俏生生地站起来，朝老板娘甜甜地喊着，她已经去门外雪地里捧来雪团，将脸上的泥垢擦拭一净，如新剥的鸡子一般，回复成玉肌雪腮的小丫头。

“宇晴师父好！”三个男孩子也忙不迭地打着招呼。

“你们这是……”宇晴有一点发呆。

袁安赶紧将自己跟三个伙伴介绍给宇晴：“李离说鸟窝大师故事编得天花乱坠，里面总得有一点真东西，他一个人，不是依葫芦画瓢，哪里编得出万花谷！我也认出来，那个老黄并没有用真功夫，一门心思扮强盗，扮得太像真的，反而让人心里生疑，他是由万花谷来的吧？刚才您往返点穴的功夫，万花丛中过，片叶不沾身，用的就是万花谷的‘花间游’与‘百花拂穴手’，吴耕说这个功夫能发出香气，他闻到的香味，就像新开的兰花跟煮熟的板栗混杂在一起。星雨看到您手上的镯子是出自南方骠国的翡翠，腰间金色的短笛也是南方的形制，非金非玉，可不是一般村野小店的老板娘戴得着的。您又说到六诏，星雨就猜出您是万花谷花圣宇晴。我们决定在黄粱驿里等您回来，请您将我们带到万花谷去。”他尽可能地慢慢说话，心里却是激动的，那边星雨星眸闪闪如星，吴耕却是抹起了眼泪。

李离说：“会骗人的师父带着那群凡夫俗子离开大厅时，难道不是应将手背到身后，伸出二根手指摇三下，或者是刚才给袁安师兄点穴时，在他头上再多打三下？”

宇晴脸发红问道：“为什么啊？”

李离说：“昔年须菩提大师找孙悟空，弘忍大师找惠能，都是这么干的啊，米熟久矣，犹欠筛哉，提醒我们几个，三更天等您回来啊！要是我们没有认出您的花间游跟翡翠镯子，听吴耕的话，也骑驴子走了，您这半个月做掌柜的功夫岂不是白瞎了？”

其时须菩提与弘忍皆是佛道中一等一的大师。地狱门口僧道多，大师悟道出生入死，如龙口夺珠。得道之后，传灯又难。茫茫人海如铁，有几个真正有慧根的？他俩好运气，遇到悟空惠能，千难万险中觅得佳徒传衣钵，一时天下哄传为佳话。宇晴脸红欲滴血，发狠道：“等我带你们再见到东方谷主，一定要请他让你们好好尝尝万花谷的杀威棒！”星雨向李离扑过来，作势要撕他的嘴：“你这个死妮妮，宇晴姐姐刚才要打，也应该来打你，在你头上敲出三个熟板栗分给我们三个吃！”黄粱驿沉寂的厅堂，因这几个年轻人的说笑，重新变得热闹起来。

“袁安，吴耕，李离，上官星雨，嗯，我们走！”一一锁好客房，将钥匙一串串挂上木柱之后，宇晴吹灭了厅内的十几盏油灯，算是正式结束了她女掌柜的工作，明年还来不来？宇轩大哥还会带她来做这个当垆卖酒卖驴子的接引使吗？谁知道呢！她带着四位少年走到驿外，榆树下月影如藻，积雪空明，抬头看去，空中流霜，明月繁星，群山四围，黄梁村传来第一阵喔喔鸡鸣。宇晴取出腰间短笛，撮唇急吹，笛声像一束璀璨的烟火倏忽上升，四散在墨白相间的山岭间。笛声甫散，山岭中很快有了回应，呀呀两声鸟鸣由山那边传来，离黄梁驿数十上百里，啼鸣金声玉振，历历在耳，震得众人耳鼓轰鸣不已。之前后院几十次驴子一起合唱起来，也不太能压得住这两声鸟啼吧，少年们心里想，就像大海中的海豚，这只鸟的个头一定不会太小。

等那只鸟冲出雪线，浮在夜空里，沐着星月的清辉朝他们飞来，它的个头，只比由渭河的柳荫里划出来的柳叶一般狭长的蚱蜢舟稍小。天空里回响着它鼓翼飞翔的声音，松涛龙吟一般，双翅几个起落，就越过黄梁村的房屋与村树，脚爪甫出垫地，铜铃般的两眼精光闪闪，稳稳当当地落在他们面前。

“这是我驯养的大鹏，它的名字叫鲲，”宇晴介绍道，一边回头跟鲲讲，“你这家伙，一定是去晴昼海捉晴狼，来晚了。”鲲扑扑地喷着白汽，将嘴喙前的雪地融化了一小片，显然是已听懂宇晴的话，不好意思地垂着头。

“太好了，比起骑着驴子去江南，我更愿意和宇晴姐姐一起骑大鹏去万花谷！”上官星雨已经高兴得跳了起来，鲲的每一根羽毛都像一把小扇子似的，或收拢或散开，她如果这样揪着扇柄往上爬，鲲不会疼吧，会痒吗？星雨喜滋滋地伸出手去摸鲲，没想到它腹中嘭噜一声雷鸣，身体往后一缩，灵巧地躲到了宇晴身后，这家伙，它还有一点认生呢！

宇晴却任凭上官星雨怔怔地立着，自己后纵一步，迎风回浪，腾身飞上鹏背，笑吟吟地对少年们讲："这个不对，鲲是来接我，不是接你们的，东方谷主只是让我由黄粱驿里挑出你们四个，你们到万花谷，得自己去找万花因隧道，入口在哪里？子虚跟乌有那两个老家伙，会帮你们找找看，大概就是：只在此山中，雪深不知处！"

捕风捉影。风与影，真实不虚。

世上已有万花谷。

原来，街坊里种种传闻，父母们在长安城中的探听，他们三个月冲风暴雨的寻找，雪夜里亦真亦假的等待，都还只是开头的几步，比诸春帏应试，他们不过是堪堪中了一个秀才罢了，你想登堂入屋，下一任的主考官在哪里？子虚……乌有，请问你们认得司马相如大叔吗？鲲双脚支地，双翅上扬，重新冲入天空，旋起的雪风刮得少年们手脸生疼。宇晴骑在宽广的鹏背上叫道："树！你们朝大榆树上看！我先走一步，在云锦台等你们！"

他们目送鲲消失在明月繁星与雪岭群山之间，才将视线收回来，去看黄粱驿外，宇晴提到的大榆树。大榆树离他们二三百步之遥，主干上发出七八条侧枝，盘旋环绕，巨伞一般负着积雪，站立在月光中。白天所见的十来个雀巢，想必已接纳了回窠的喜鹊，正簇拥它们在巢中睡得香甜，可是他们往树上看的时候，却发现在树伞的顶端，剪纸般地贴着两条灰黑人影，一东一西，相对而坐，中间一只棋盘，隔开了他们，他们身后，是寒夜里密集的星辰。

“这个狠心的小姐姐，鲲的背上还有位子的，捎我们一程多么好，早早到万花谷，洗一个热水澡，睡上一觉，多好，我已经多少天没有在有被子跟枕头的床上睡了？”上官星雨还在抱怨。真是难为上官家的小姐了。

“万花因的入口会在树干上吗？”李离用手敲着未被雪贴上的树干背面。他们已经踩着积雪，走到了榆树下。榆树干以低沉的闷响回复着他的敲击。虽然需要四个人手拉手才能将树干围起来，但与柳毅传里作为龙宫入口的大橘树不一样，这只是一棵普通的榆树，喜鹊在上筑巢，金龟子吸着树汁，风雪来临之前，驴子们有时候会来啃它低垂的叶子。

“子虚先生！”袁安仰头喊着。

“乌有先生！”吴耕跟着袁安嚷。

盘坐在树顶上下棋的两个人没有理睬他们，自顾自将棋子啪啪地敲落在棋盘上，有几只喜鹊被吵醒了，在鹊巢里撅起屁股拉下热乎乎的鸟粪，差一点就落到了李离的头上。

“他们不下来，我们就上去！我喜欢下围棋的！”李离避开鸟粪，淡淡地说。上树不难的，袁安与吴耕都是高手，袁安自己爬到七八根大枝分杈的地方，再将吴耕推送着的上官星雨与李离拉上来，接着是吴耕，大伙儿攀爬在树干中间，小心地避开鹊巢，积雪簌簌下落，有一点滑，慢一点，也不是很怕。袁安心里想，要是夏天里，榆树长出叶子，也会像渭河边的老柳树一下，每一棵都是一个绿色的宫殿，藏着各种各样的虫子与蝉唱吧。树顶上下棋的两个家伙，现在就坐在他们头顶的枝条上，难得他们在纤细如指的枝条上坐得稳稳当当，不动如山。借着星月的微光，少年们已经认出来，这是两个古怪的老头子。

“完了，我觉得宇晴姐姐是将我们骗到了一个局里。等我们看这两位老爷爷下完棋，爬下树，大概时间就过了一百年，什么黄梁驿、长安，都会变成我不认得的样子，以后鸟窝大师和他的鸟窝孙子们编故事，就会说有四个长安少年，来我们黄梁村，这个美丽的桃花源，躲过了传说中的大唐乱世，他们口口声声说要去万花谷，其实就是在大榆树顶上看人家下了半宿的棋，之后回到长安，发现他们孙子的孙子们正在街上玩‘蹴鞠’。”上官星雨有一点担心。李离并不同意她的话，他们儿子都没有，哪来孙子跟孙子的孙子唉。

“我们再往上爬点试试，将头伸到棋盘上，看看他们在弄什么鬼！”由四人合抱到一人可抱，由牛腿粗细到手腕粗细，树枝愈上愈细，树顶的枝条已经是盈盈可握，他们大着胆子往上蹭，也只能够双手蝉蜩一样抱着树条，摇摇晃晃，小心翼翼地将头伸出来，看到洒满月光的棋盘，还有棋盘两边，长袍博冠，朱颜白发，薄嗔微怒，危坐弈棋的两位老人！

四

“如果没有猜错，两位就是子虚先生与乌有先生吧！纯阳子虚，翠玉白衣，烛花掌天下无对；皇家乌有，李弘之师，一身点穴功夫深不可测，我在长安都听说过的！”袁安说。

“在雪夜晒月亮，我们都快冻成四根凌冰挂树上了，你们两位就披一件葛布的袍子，不冷吗？乌有先生你还摇着你的纸扇子，会伤风的啊！”上官星雨说。

“你们饿吗？宇晴师父的黄粱驿里，应该还有剩下的驴肉、馒头和黄粱酒，味道不错的，虽然是凉的！我去替你们弄一点过来吧！”吴耕说。

“媪妇谱……棋王他老人家果然去了万花谷。”李离说。

少年们的四张脸冻得通红，在月色里向上仰着，四张嘴轮流开合，比刚刚闭嘴入睡的喜鹊们更吵，又在棋局如此关键的时刻。乌有先生真想伸出他的纸扇子，是戳他们的哑穴，让他们乖乖地闭上嘴，还是直接敲在他们的手上，让他们扑通一声掉下树，让世界清静下来呢？乌有先生团团脸、酒糟鼻，胖胖的，就像庙里的弥勒佛，蓄起头发胡子，换下僧袍转行做起道士，艰难的棋局令人费神，弄得他脸上层层油汗。子虚先生清癯、瘦削，好像一只打坐的鹤似的，乌有出子慢吞吞的，他却很快，闪电似的，手指将棋子掣出来，稳稳地弹到棋盘上，棋子就放在他们身边一个荒废的鸟巢里。听到有少年提到媪妇谱，子虚转过脸，淡淡地说：“你会下棋？”

李离点着头：“嗯嗯，打扰两位前辈了。我名叫李离，他们是上官星雨、袁安与吴耕，黄粱村的老黄拿走了我半包金叶子，是宇晴师父让我们爬上树，向你们问路的，我们想知道万花因隧道的入口在哪里，我们想去万花谷。”

“对，我刚才还看到宇晴那丫头在树下掉眼泪，就为了那几十头蠢驴子！总算你们四个孩子留下来，不然她竹篮打水一场空，还不哭上半宿？”乌有叹了一口气。

“我们也不知道入口在哪儿。宇轩谷主说，这盘棋会告诉你们。可是我与乌有老儿下了半宿棋，发现王积薪那小子的媪妇谱，就是四个字：此路不通。”子虚接着叹气。

袁安、吴耕、上官星雨、李离的脖子伸得更长了……他们眼前的黑檀木棋盘上，黑黑白白，或散或聚，已布下了一百多粒棋子。李离、袁安、上官星雨稍懂一点棋理。其时围棋风行天下，国手王积薪更是天下知闻。王积薪少年成名，集下名谱无数，其中最出名的，是为媪妇谱。据说王积薪青年时期云游天下，往来巴蜀道中，一夜投宿邮亭，清夜缘亭外小溪散步，上行十余里，听到溪上茅草屋里，婆媳两人联床夜话，下盲棋近百手，最后婆婆以九子胜出。王积薪只记下其中三十六手，怅然步月归，第二天早上再去沿溪找那间茅屋，溪流淙淙，朝暾洒满草林，茅屋却已不知所踪。王积薪在邮亭里精研这三十六手，觉得奥妙无穷，又勉力向后推算其余几十手，更是匪夷所思，无限可能，要形成婆婆以九子胜出媳妇的局面，却比登天还难。王积薪百思难解，后来又为东方宇轩所邀，隐入万花谷，就是为了精研两位女仙所传的“媪妇”无双谱。开局三十六手，七十二子，已经是天下围棋手皆知的常识，由子虚与乌有打出的棋谱来看，一代棋王已经将之推演到了七十余手，生杀变化，玄机莫测，不知是胜是负。

两个老头子得王积薪授谱，固然是老神在在、殚精绝虑，李离等人，一入迷局，又知道此局与万花因隧道息息相关，也觉得浑身火热，头脑中电光石火，瞬息万变。

七十余手集中在棋盘的南部，袁安所据一方。子虚的黑棋与乌有的白棋纠缠在一起，如黑白双龙盘曲苦斗，其他东、西、北三方，则落子寥寥。乌有定下一颗白子后，盘面转胜，轮到子虚指衔黑棋，苦苦沉思，他的脸本来狭长，他这一皱眉，将脸更是弄得像北风吹打的老丝瓜似的。

“你来替我下这一手。”子虚抬起头，看向李离。千结万结，不如无结，让这小子试试看，子虚先生这是在赌时运啊！

李离也毫不客气：“东五南九放一子！”

子虚手指一轮，一枚黑子直射到棋盘上，正是“东五南九”的腹地，虽然是孤军犯险，但跳出重围，弃子争先，也妙。

乌有盯了李离一眼，又转向一边发呆的吴耕：“我们李家的孩子，懂一点棋，没什么，你小子浑头浑脑的，莫非也下过棋？”吴耕连忙摇头：“我不会下围棋啊，倒是会下一点双陆，在村里，我们没事就用树枝横竖三道画个棋盘，捡石头子下双陆。”乌有说：“你莫慌，随便下下，天下到处都是路，无非就是远近缓急不同罢了。”吴耕大着胆子报出来：“东五南十二放一子！”

乌有苦笑着布子东五南十二，偏入东南的边地，四周全无白子接应，黑子只在东北星位布下一子，白子虽取镇虎头之势，但春庭寂寂，意绪寥寥，其实是一步废棋，天外飞星，哀哀孤鸿，不知何时可派用场。

上官星雨也扑哧一笑，吴耕就是一头大蠢驴，他这一缓，乌有先生的白棋局面落后不少，她抬头看向子虚：“子虚爷爷这一着我来帮你下，要是我下得不好，你可别用你的烛花掌烧焦了我的头发和眉毛！”子虚点头。上官星雨眼眸一扫，脆脆地说：“西八南十。”子虚射入黑棋之后，众人发现，这一招竟然是大摇大摆，大刀阔斧，直扑向重围中的白棋，寒光照铁衣，险象环环生，将白棋陷入了重重劫难之中。饶是一向淡定缥缈的子虚先生，在细研棋形之后，也面露一丝喜色，心想就是今夜积薪那小子自己跑过来，搔破头皮，能应出来的，无非也是这一手吧！

“唉，上官家的姑娘上一辈子都是做狐狸的。”乌有先生连连叹气，白棋本来已经落后，经那黑小子废棋一缓，又被这姑娘直捣中宫，被缠绕的一块大棋已经是陷入了走投无路的绝境，这情形，大概就像当下天下的时局吧，一派歌舞升平里，皇帝与文武百官领着朝廷，已是盲人骑瞎马，夜半临深池。

去年乌有先生与了虚道人出谷查看天下之势，黄昏里经过潼关，只觉得残阳如血，雄关雾列，草木交缠在惨惨兵气之中。两老修道学易，知道此地是天下关键，十年内外，必然有事。果然十年之后，潼关之上，灵宝西原，哥舒翰的大军陷入崔乾祐重围，数十万的大军出潼关，渡黄河，被叛军的虎狼之师赶进高原中的深堑，在对岸雷鸣一样的鼓声里哭爹喊娘地被刀剑切割成残肢，被木石冲撞成肉酱，被油火烧成焦炭，马血与人血，骨头与脑髓，泥浆与草木，搅拌在一起。暮色四合，潼关泣血，天策府的女将军曹雪阳绰长枪，领着将士们百战断头，蹚在血海里，奋力杀贼，饶是如此，也难挽哥舒翰力战败北，归降安禄山。大战之余，朗朗晴天风云变幻，电闪雷鸣中，暴雨如注，荡涤谷中血肉，将数十万腥臭的尸骨冲进黄河。大唐经此一役，由盛转衰，奄忽百年遂亡，这是后话不提。

江山如棋轮转在儿男们的铁骑中，翠玉白衣，皇家乌有，武功盖世又如何？尽出万花谷子弟，能唤得醒天下醉生梦死的达官贵人平民百姓？正如同眼前这一局棋还能救吗？有救吗？

白子历历，好像将士在马蹄刀枪下呼号，看得乌有先生心惊胆寒，老泪涟涟，当此之时，恐怕王积薪由谷里赶来，也会束手无策。过去几年，王积薪将自己关在棋室里，苦苦解析媪妇谱，怕也是卡在这里，无法再有寸进。

黄梁村里喔喔喔，又响起了第二阵鸡鸣，群山之外，隐隐回应着吭哧吭哧的驴鸣，黑驴们驮着黄梁驿的客人，在棋盘一样的山岭里，已经走出了几重山。这是天亮之前，最黑最冷的更次，明月如同精铜，群星灼灼，雪光微微，但是宇宙间的暗影却一层一层地沉积下来，缠绕在积雪的山岭与大地上。

乌有先生分神潼关兵气，心情激荡，周身真气牵动，涌向头顶，将身边的积雪融解成水滴。对弈的子虚先生也看出了端倪，担心老友脉息分岔，走火入魔，伸手就想拂乱棋子，终了此局。不料袁安在一边，小心翼翼地说道："西九南十放一子。"

乌有先生强忍住咳嗽，将咳在左手掌上的血水抹在身侧雪枝上，右手拈起一颗白子，依袁安所言放置到棋盘，一边唠叨："我刚才在窗外看过你小子在黄梁驿里打拳，东一脚西一腿，乱七八糟，好像拜了几百个师父，我心里想，这样的王八拳，是妓院的护院镖师教的吧，花拳绣腿当什么用，老黄一个黄雀在后，就可以将你送到黄泉等见你娘，没承想你闪闪躲躲，偷偷摸摸，还占了上风。你这个下棋法，大概也是几百个棋待诏教你的。一着深入虎穴，盲人骑瞎马，不怕死，这个好！老头子我听你的！"等他布下子，嘴里的唠叨却停了下来，眼睛里忽然泛起惊奇的神光，那边厢，子虚道人的眉头也紧紧地皱起来，七八道皱纹成列，好像叠起来的石片一样。

一子解双征！细研这打入绝地的孤子，在加厚了白棋的力量的同时，又巧妙地回应了黑棋的征伐，将两路凌厉的进攻都遥遥制住，看起来平淡的一着，却质朴有力，以退为进，将满盘的杀气消弭为无形。

在山溪边的茅草屋里，媳妇就是这样回应婆婆的吧！

再厉害，再唠叨的婆婆，也怕默不作声，又自有主见的媳妇。

婆婆一手拍在床板上，将顶棚上暗中观战的几只老鼠都吓了一跳。

回到十年后血海肉林的灵宝谷，如果届时我们毫不犹豫地出手杀了哥舒翰，去掉将要轻出潼关的主帅，大军就会由混乱里镇定如常，反攻叛军，稳住阵脚，回师潼关，天下的大势就会发生转换，大唐的元气会重新凝聚起来。

子虚先生正襟危坐，由灵宝的军阵、榆树顶上的棋盘收回心神，与他的老朋友乌有一起，抬头眺望头顶的星海。银河由南至北贯通天宇，繁星亿亿，所谓星汉灿烂，洪波涌起。细察房、心、尾、斗，天田、大渊、牛女、离珠诸星，其形其势，不就是一局天上的“媪妇谱”！

白雪皑皑，冬月盈盈，黄粱有梦，万花有因。这十六字真言并非虚谈，说的就是冬至日午夜的星象，合乎王积薪所记媪妇谱，世外的旅客，可据此找到去往万花谷的道路。少年们随两位老人往天上看，各自手攀棋盘与树枝，仰着头，一时也看得心神俱醉。

“原来我下的是天田！”吴耕说。

“那我下的牛女，可是我并不喜欢那个狠心的织女啊，自己飞升成仙，不要牛郎也还罢了，那两个孩子却是无辜的！”上官星雨说。

“嗯，我的东五南九是离珠。”李离说。

“我下在了北斗位，可是，是北斗中的哪一颗，是贪狼还是破军？乌有先生，我也觉得是破军！”袁安激动地盯着北斗七星看。小时候，他在油灯下等母亲回家，着急了，三更半夜，就会推开门走到灌满秋风的大街上，看着长安城墙上的星空，看到钩子一样的北斗七星，像母亲跳胡旋舞时穿的缎子鞋。

“你们身上有玉吗？”子虚先生低下头，笑眯眯地问。

玉，金子，金银财宝……原来还是要买路钱，你们果然跟老黄是一伙的！

李离一脸鄙夷地说：“我倒是有一包金叶子，只是刚才被你们的老黄收走了，本来他应给我四头驴的，明天早上我还可以牵着它们去下山那边会仙集的汤锅。”

袁安、吴耕摇着头，一路上被李离公子赏了三个月的饭，他们爹妈给的银子都被花得精光，哪里有什么玉。

上官星雨却有一点迟疑，终于下决心伸手到腰间，由破衣下面扯出一块玉玦递给乌有先生。

“这是你祖姑婆给你的，对吗？”乌有先生接过玉玦，沉沉生碧，月光里柔美温润，带着女孩的体温。女孩幽兰一般的气息，白玉般略宽的脸庞，灵慧的眼神，热烈而坚定，何其熟悉。今夜星雪海，似是故人来。他想起一个甲子之前的长安，乌有也是鲜衣怒马的少年郎，整天魂牵梦绕，想念深宫里明眸善睐的佳人，他满世界去抄龙族啊鬼母啊的传奇送她看，她则托人将冰雪深沃的交州荔枝带出来给他吃，将新写的诗给他念。

那样一个生机勃发的初唐，那样一些“海内存知己，天涯若比邻”的人。

“对，祖姑婆去世前，将这枚玉玦送给我父亲——她在上官家的侄子，对他讲，玦就是抉择的意思，在这个世界上，我们的选择比能力更重要。”上官星雨提到她那位名满天下的祖姑婆时，语调有一点伤感。那个女子天纵其才，却又命运多舛，她为女婴时，即没入宫掖为奴，周旋在帝王将相间，一生的遭逢遇合，尽是仰人鼻息，考较利害，不得已而为之，哪里又有选择可言！

乌有强抑着悲辛将玉玦递给子虚，子虚将玉玦交到左手，右手却与乌有递玉的右手在棋盘之上，紧握在一起，两人运行花间游内力，乱洒青荷、碧水滔天、兰摧玉折、商阳指，一时虎踞龙蟠，白发支离，面目赤红，氤氲白汽蒸腾在百会穴上。内力游龙一般在二老脉息里运转，最后汇聚到子虚右掌，与指间的玉玦相激荡，令玉玦璀璨生光，如同一颗由天庭里摘下来的星星，嵌在子虚食指与拇指交错的指节上。

子虚先生食指劲弹！玉玦直奔星海，破空而出，内环、断口与风相摩，发生哀哀啸叫，子虚乌有二老内力的叠加，令它光华更盛，好像在天地之间，在晦暗的雪岭与繁盛的星月之间点起了一盏灯。人间道路曲折回环，天上星月更替交错，往还之间，是凡人玄妙莫测的宇宙。

朝游北海暮苍梧，袖里青蛇胆气粗。子虚先生又岂是凡人。他看破红尘，一心向道，道成世界，周流不息，不息不停之中，凡人认命，得道者造命罢了。棋在棋盘上，棋也在天地星宇里。他与乌有先生已经悟出了今夜天地之间的“媪妇谱”，遂明白东方宇轩诸人布置万花因隧道的关键，他们这两个牛头马面老家伙，庶几可不辱使命矣。

“烛花掌！一子解双征！”李离解说给小伙伴们听。少年们抬头追踪玉玦，看着它浅浅一线，朝向北斗七星与北极星之间的一块暗影飞去。如果将夜空划成纵横十九道的棋盘，那里就是袁安说的“西九南十”吗？玉玦啸叫不息，秉赋二老一百余年的修为，已得人力之极，令它像一颗细小的重返天宇的流星。一颗流星，在了解宇宙明暗、强弱、虚实、快慢、存续之理后，可破碎虚空，化作棋子，改变天地局面？

等到玉玦啸叫停息，它射出的光芒也达到了极盛，就是这样的极盛，也只是亿万星河中的一粒，长安上元夜万千灯火中的一盏，黄梁村后池塘夏夜流萤中的一点，夏日莲花中的一瓣。只是我们的天地，又何曾忽视过一粒、一盏、一点与一瓣呢？少年们好像听到由银河里传来的一声叹息，感到纤细星光微微的悸动，大榆树轻轻震颤，积雪忽忽飘落，黄梁村像簸箕中的一粒黄豆上下跳动，跳动之轻微，连村里最灵醒的狗子与公鸡，都没有感应出来。

玉玦引发的细微变化，让少年们觉得心头一动，好像由今夜开始，积雪终会融化，榆树会抽出新枝，黄梁村谷仓里的小麦与高粱要做好发芽的准备，秦岭之中的草木也将重返春光，秦岭之外，黄河得到了破开冰凌的勇气，那些将要打破潼关的恶贼，他们的好运，也决不会出现。

长安，长安，十年弹指一挥间，哪怕是流尽了最后一滴血，哪怕是最后一簇焚城的火苗业已熄灭，它也终将由噩梦里醒来。国破山河在，城春草木深。离离原上草，一岁一枯荣。如果一岁的轮回太短，十年，一百年，又有什么关系。

“原来一行和尚与司徒一一经营几个月，是将万花囚入口，藏在了山顶松树林里！”乌有先生嚷道。少年们抬头往天上看，他与子虚却在打量四周的山岭。玉玦射出的奇光往北，恰好划过黄梁村后的大山，山脊白雪皑皑，青松列列，山脊一线曲折如蛇。天地动摇的一瞬，山脊如龙蛇摆尾，瞬息即停，玉玦与山脊相交的几棵青松，莹然生光，好像松树之下，隐藏着大山的口吻，忽忽由山腹之中吐出微微珠华，将它们照成琼枝玉树。

少年们欢呼起来，紧紧地抓住棋盘，他们的手已经被冻得又麻木又僵硬，要是身边雀巢里的喜鹊醒过来，啄他们一嘴，就会将他们扯到树下去。

“你们真的要去万花谷？”子虚先生问。

“是的。”李离与上官星雨说。

“一行和尚与司徒一一特意设计的万花因，能生人，也能吃人，你们不怕？”

“不怕。”袁安与吴耕说。

“你们双手捏紧棋盘，要是怕，就闭上眼睛。”子虚先生的语气冷冷的，乌有先生的话语里，却有一点慈爱。

袁安、吴耕、李离、上官星雨依言十指扣牢棋盘，四人各据一方。

子虚乌有各出一掌，击在棋盘之下，棋盘弹跳向上，顿时离开树顶，带着四人冉冉腾空飘浮起来，如同纸鸢一般，摇摇荡荡，凭风飘向黄梁村后的山岭。少年们努力地睁着双眼，觉得耳边雪风呼呼，刮得耳廓耳垂生疼，他们离头上的群星越来越近，榆树与黄粱驿在他们脚下滑过，黄梁村中的村巷环绕，如同棋路，历历展开在他们身下。

看着孔明灯一般乘大风飞浮出去的棋盘，子虚乌有二老顺势跃下榆树，飘落在树下的雪地上，携手离去。被惊扰大半夜的鸦鹊，也总算松了一口气。

“子虚兄，四十万人在长安城听闻万花谷，四十人来到黄粱驿，也只有这四个孩子，找到了万花因。”

“世上的事，本来就是信则有，不信则无，前进则有，后退则无。这四个孩子都不错，姓袁的孩子宽厚，姓吴的孩子实诚，这两个都有大成之象；上官家的丫头聪慧，你们李家的小子也有情有义，他们没有袁、吴两少年的浑成刚毅，凭其智计，足以在乱世中保全其身。眼下万花谷也是一盘棋，到了风云变幻的时刻，不知道东方宇轩的这一着，会引出什么样的变化。乌有兄，我近年修道，觉得天命既可为，也惟危，不如不为。天地无言，是造命，还是听命，吾不知也。我们今天晚上，来干犯天地，凿开万花因，予万花谷，也不知是福是祸。”

“假作真时真亦假，无为有处有还无。黄梁村予万花谷固然是进入关键之一,万花谷在秦岭之中，秦岭在九州之中，九州在天地之中，又岂是偶然，说不定，它也会是天地之中的一子解双征。”

“我们两个老的，边走边看吧。那四个孩子，能不能爬出一行和尚与司徒一一设下的迷宫一般的隧道，还是未定之天。就是由隧道里爬过去，进入了万花谷，凭他们四个新人，真的能将万花谷搅动起来？”

“宇晴这个小南蛮丫头，也不知道留一壶酒、一盘驴肉给我们两个老家伙，她说宇轩也在黄粱驿里，也没见他露个脸儿。唉！在大榆树上冻了半夜，还得回谷去找思邈大哥讨酒喝。”

“这一回最开心的，恐怕是积薪那小子，我们机缘凑巧，解开了媪妇谱，他听到，恐怕得‘漫卷棋书喜欲狂’，还是喝他的酒好了！”

二老接引大事既了，心情愉悦，在雪地里边走边聊，又停在黄粱驿门前，噗地吹灭了挂在门杜上的最后一盏灯，之后拔身而起，扶摇直上，运转轻功，起纵之间，径回万花谷。

他们身后，油灯灭处，黄粱村，会仙集，村巷列列，夜雪映月，又兴起一阵喔喔鸡啼。

第二章　牡丹记

一

“老黄他们一定常常来这里放驴子。这群野驴子！到处都是臭烘烘的驴粪，树干也被它们蹭痒擦得不像样子，妮妮你小心脚下的驴粪蛋蛋！”上官星雨掩着鼻，话音刚落，李离就像脚被针扎一般跳了起来。袁安将掉到地上的棋盘立好，靠到旁边的松树上。岭上积雪薄弱，薄雪之下的松针却有一尺多厚，不知积了多少年，也许以后路过的神仙，想下棋打个尖，会用得上这张棋盘吧。

吴耕老练地捡来被风雪弄断的粗大松枝，五六根合在一起，夹上干燥的松脂，用林间的枯藤条扎成三尺余长的火把，一共四支，又取怀中火石打火点着，分发诸人。在他们的正前方，明月松影里，山岭张开的小口，幽光隐隐，引领着他们的棋盘“飞毯”升空的玉玦，落在洞口的积雪上，如同一枚凝固的火苗，明亮而温暖，静静地躺在那里，妥妥为他们指路。上官星雨上前拾起玉玦，穿好挂在脖子下，第一个举着火把踏入山洞，接下来是袁安、李离、吴耕各举一支火把，四个少年鱼贯而入，走进山腹。火把火光径尺，映红他们的脸，松油滋滋，散发出奇异的香气。松月积雪之光，如石上清泉，挂在他们身后。

山洞左旋，一人余高，不宽不窄，坡度也和缓，四壁绯红色的石头光滑平整，冰凉如镜，可证眼前并非天然洞穴，而是人力所为。李离走在上官星雨后面，摸着石壁，若有所思地说："这个山洞是有人用一斧一凿慢慢凿出来的，前面或许会有机关，但既是人力所为，长短总归有限，少则半里，多则一二里路，大家小心在意，不堕机关，多半很快就到出口了。"洞中温暖如春，几个人夜饭吃饱了馒头驴肉，又先后认识万花谷中宇晴、子虚、乌有等接引高人，明白机缘凑巧，已被东方宇轩谷主选中入谷，心中自然是信心百倍，觉得举着火把，朝前再走数十几步，拐几个弯，推开一扇门，多半就会步出山洞，洞外就是下到万花谷的历历台阶。

然而一步又一步，一个弯又一个弯，山洞仿佛无穷无尽，洞腹没有变宽，也没有变窄，四壁依旧是光滑的刀劈斧削过的绯石。如果不是熊熊燃烧的火把在一点一点变短，说明时间在流逝，一定会有"鬼打墙"一般的感觉吧。"看样子，我们只能用一根火把了。"袁安说，他让李离、吴耕灭掉了手中的火把，只留下上官星雨一个人举火在前面照着路。

"星雨你有一点怕，对不对，怕就说出来。"李离在后面问。

"嗯。"上官星雨回答。

"唱一首歌？"李离提议。

“叶下洞庭初，思君万里余。露浓香被冷，月落锦屏虚。欲奏江南曲，贪封蓟北书。书中无别意，惟怅久离居。”男人在燕北的冰原抛洒热血，女人在温柔乡里孤单终老，这是她名闻天下的祖姑婆写的诗，在教坊里谱成曲子，在长安的时候，谁没听过呢？上官星雨小心翼翼地唱，她有着天籁一般的好嗓子，李离听着，不由得上前一步，将她空出来的左手拉起来。这个可怜的姑娘，她的姓氏，会给她带来才华天分，也会带来血光剑影吧，谁知道，她在逃出长安之前，经受过多少孤单与恐惧。她歌声甫歇，余音缠绕在山洞里，久久不散，等最后一丝歌声消失掉的时候，她手中的火把也烧到了尽头，李离赶紧松开她的手，将自己灭掉的火把又重新点燃起来。

“你们将耳朵贴到右边的洞壁上听！”袁安忽然说，其余三人依言也随着他将右耳贴上石壁。上官星雨与吴耕一脸茫然，但李离的眉头一下子皱了起来，他扯住上官星雨，停下脚步，点点头说：“我们也许得往回走了。”

石壁之内，隐隐还有上官星雨的歌声。袁安示意李离带着上官星雨往前走五百步，之后袁安敲打石壁，石壁之内，也咚咚传来走到前面的李离回应的敲打声。

四人聚到一起。李离说：“山洞是一圈一圈开凿出来的，一直左旋向地底，就像一条虫子在倒立着的竹笋上面，一层一层向下打洞，你们看洞底倾斜很小，我推测我们要走很多圈层，才能走到山洞之外，如果后面出现分岔，走出山洞，就不知是何年何月了。进洞的时候，我觉得此洞是人工所为，可是普通的人工，得花多少年月，才能凿出这样的山洞！我想起我父亲讲到过的万花谷僧一行大师，说他当今机甲第一，已经能够复原诸葛孔明的木马流车，山洞多半是一行大师发动机械挖掘出来，他老人家出手的话，前面多少迷宫多少坑，谁知道！万花谷要是真的欢迎我们的话，就会让我们坐上宇晴的鹏鸟，子虚乌有两个老家伙也可带我们走，最不济是我们抓着棋盘的时候，他们再加几分内力，让棋盘飞得更远，我们扑通通摔到万花谷的随便哪个山头上。让我们深更半夜来爬这个无穷无尽的山洞是什么意思？我们诚心诚意来，他们却百般刁难。李离大爷不是给他们玩的！那些骑着驴子往山外赶路的瓦匠与捕快，都比我们要运气好。我们四支火把，已经用掉了一支，现在往回走，还来得及。"

袁安没接李离的话，只是问吴耕："你相信万花谷吗？"

吴耕点点头，火光照在他黑黢黢的脸上，松树火把劈劈啪啪地燃烧，橘黄的光芒映在绯红石壁上，温暖明亮，像是由曲折的暗洞里挖出来一个房间，将他们四个人拢在一起。

上官星雨迟疑地说："我也相信宇晴姐姐，虽然刚才她在驿站里骗过很多人。"

袁安接过李离手中的火把，对他讲："刚才星雨的火把大概亮了半个时辰，我们往前走，余下的三个火把用完了，两个时辰还走不出山洞，我们就往回走。一行大师要是在山洞里安排岔道，回不去，我们就一起死在这个山洞里，总比日后在外面黄河里做浮尸喂鱼，在城外死了被野狗嚼脚趾要好。"李离没作声，跟在了袁安的后面，火把照亮的"小光屋"又向前挪动起来。

虽然下定决心往前走，但大伙儿心中刚刚发现洞口的喜悦已经消散了，好像向前的每一步，都是提心吊胆，是推开朝向万花谷的窄门，还是举着火把走下黄泉？火把一分一寸地燃烧，在山洞里散发着松油的香气。黄梁村里的公鸡开始了第三次打鸣吧，很快天就要亮了，村民们起来扫雪，用驴子换来的银子去山下会仙集扫年货，准备过年演傩戏。如果我们走不出山洞，就回头出去，去黄梁村求老黄收留吧，如果他真的是黄梁村的“老黄”的话。我们也不回长安，也不去江南，春夏我们在黄梁村里种地，秋天蒸黄粱酿酒，冬天来了，就去黄梁驿里做伙计，将鸟窝大师编好的故事，讲给客人们听：“从前有个万花谷……”戴着面具随老黄一起打劫？对，我们还不认识鸟窝大师呢，他说不定是一个假瞎子。

“妮妮你讲一个故事吧！”上官星雨说。来秦岭山中的三个月，幕天席地，晚上睡不着觉的时候，她就让李离讲故事给她听。

李离想了想，说：“我们在长安的时候，常常有一些书生，来我家拜访我父亲，将他们编的故事写成卷子给他看，他看了哈哈一笑，随手转给我看。他们特别喜欢讲龙的故事。有一次我看到一个《震泽洞》，说的是梁武帝的时候，有人跟皇帝报告，说自己掉进龙宫里，结果发现，此洞穴有四枝：一通洞庭湖西岸，一通蜀道青衣浦北岸，一通罗浮两山间穴溪，一通枯桑岛东岸。这个家伙打着火把，在四通八达的龙宫里摸索了很多年，据说还发现了东海龙王第七女掌管的龙王珠藏，小龙千数守卫着，像蛇阵一样盘结在一起，珠藏固然是大放光明，龙蛇的腥气却将那家伙熏得头昏眼花。我在想，一行大师凿这个洞，说不定是跟这些龙宫连在一起呢，我们由秦岭中间掉进去，不知道从哪里才找得到出口。那秀才故事里又讲了，这些洞里都有金银财宝，掉进洞里，发财是一定的。麻烦就是可能被龙发现，吃掉了，或者是没得吃没得喝，饿死渴死在洞里。星雨肯定会问，龙自己吃什么呢？秀才们编的是，龙吃洞里的蝙蝠，有时候，运气好的，洞壁上的石头会长出青泥，也是可以充饥的。”

吴耕听李离这么讲，赶紧去摸身边的石壁，石壁光滑温凉，并没有什么青泥可以刮下来尝尝，他拍着手，也没有将藏到暗处的蝙蝠吓出来，如果真的有蝙蝠的话，在火把上烤熟，撒一点盐，加一点花椒，不会太难吃吧，他的怀里还有盐粒跟花椒的。作为一个长安城里厨工的儿子，在风陵渡烤烤鲤鱼，在“震泽洞”烤烤蝙蝠，不错的！

袁安举着火把边向前走边说：“李离你别讲故事了，还是听星雨唱歌。”

比起李离让人寒毛直竖的故事，上官星雨的歌细声细气，婉转好听，让走夜路的少年们心神都醉了，她唱的是去年风行在长安街巷中的那首《洛阳女儿行》：“洛阳女儿对门居，才可颜容十五余。良人玉勒乘骢马，侍女金盘脍鲤鱼。画阁朱楼尽相望，红桃绿柳垂檐向。罗帷送上七香车，宝扇迎归九华帐。狂夫富贵在青春，意气骄奢剧季伦。自怜碧玉亲教舞，不惜珊瑚持与人。春窗曙灭九微火，九微片片飞花琐。戏罢曾无理曲时，妆成祇是薰香坐。城中相识尽繁华，日夜经过赵李家。谁怜越女颜如玉，贫贱江头自浣纱。”

李离问星雨：“你也常常到洛阳去吗？”

星雨说：“我小时候，每年四月，祖姑婆会用她的小马车带我去洛阳城里小住一段时间，品新茶，看牡丹。姚黄魏紫其实没什么好看，我特别喜欢去洛阳的旅行。由风凌渡过黄河，华山的险峰像一朵朵巨大的莲花开放在远处的原野边上，泾水渭河在更远的地方蜿蜒缓流，嵩山间曲折的山路，路边的松树春天里发出的气味真好闻。在龙门看那些石窟中面目慈悲的佛像，在少林寺山门外看和尚们练拳，一路上霜雪销尽，阳光照着树木发出新芽，翠翠的，路边是不知名的野花，布谷和杜鹃在山林深处啼叫，野猪与鹿被惊吓得乱跑，有时候拉着马车的两匹马都会停下来，吸着山谷里爽利的空气，听成百上千的鸟合唱。”

吴耕说：“四月渭河边的柳树上，也有很多鸟叫，黄鹂的喉咙细，乌鸦的嗓门粗。柳树下面，有青蛙产卵，鲫鱼扳籽，都是乌油乌油的一大摊，晚上举着灯，可以捉一麻袋麻雀、青蛙，第二天让我娘炸着或烤着吃，美！”

李离愀然不乐道：“我父亲说，龙化为鱼，十年为期，意思是长安城不出十年，就会被叛军打破，你说到那个时候，写这首诗的吏部郎中王维大人，会不会降？”

吴耕说：“读书人骨头软，降了就降了吧，比砍头好。我希望不要打仗，不要有叛军，长安城里的每一个人都好好地活着，有打仗的工夫，回厨房弄几个小菜多好。”

可是，届时与厨师们一起，在厨房里霍霍磨刀的厨娘会降吗？将匕首放在怀里的妓女会降吗？李家与上官家的将军文臣们会降吗？那样荣华富丽的城市玉碎，它需要一腔腔清洁的血来祭奠。我们为什么要提前逃出来，是因为我们还小，我们还有希望？长安城里，千百年来已经流了太多的血，这么多的血，还不够偿还千古名都的繁华与势利？

上官星雨唱完歌，回忆完洛阳的牡丹，满眼都是泪。

袁安回过头，红着眼睛看着他的小伙伴们说："我们继续往前走，哪怕是一条龙守在那里，我也要举着火把往它的嘴巴里走，走过它的咽喉，它的胃，它的肠子，再黑也不会怕。我相信万花谷，它需要我们，就像我们需要它。现在它就在山洞之外。"

星雨的祖姑婆说得对，玦就是抉，选择比能力更重要。

选择江湖，选择告别，选择在长安之外，就继续向前。

无论如何，我们向前再走一步，哪怕是用血，用命。

二

换上第四支火把的时候，他们也没有遇到龙。在这个寒冷的冬至雪夜，黄梁村的鸡已炒豆般叫到第五遍，少年们已经遇到种种奇特怪异之事，但这并不会沦落为一个奇幻故事，柳毅和钱塘君们小心翼翼地守护着他们的世界，并没有设定好将这四个孩子指引到龙族的门径。

好消息是，往下的孔道左旋越来越急，向下越来越陡，看样子他们很快就要走到洞穴的底部，看到它所扎根的黄泉？袁安领着几个人沿坡路一路小跑，几乎收不住步子，火把上火苗后弯，被洞中的疾风拉得呼呼作响，大家跑得汗流浃背，汗水由头发里渗出，漫过眼睛的时候，前面袁安终于撑着洞壁停了下来，李离、上官星雨与吴耕跟上来，向下俯视，发现他们果然已经来到了洞穴的尽头，洞穴之下，是一根垂直的绯色石柱，合抱粗细，七八丈高，立在一个空空荡荡的石厅的正中央。袁安嘴衔住火把柄，率先滑下来，接着是李离，上官星雨，吴耕，一个接一个由石洞里扶着光滑的石柱，落到石厅正中的地面上。

“我的天！”上官星雨仰着脸往上看，最先惊叹起来。

石厅比他们想象的还要大很多倍。将老榆树、黄粱驿，驿中的客人，四十多头驴子都放进来，恐怕都会绰绰有余。四周洞壁遥遥向上，脖子上仰，看不到尽头。松木火把发出来的微光，堪堪能将这山腹深处的巨洞填满。少年们的来路，就是洞中修长的石柱，石柱上方，就是李离猜想的那个“笋尖”，笋尖里面回环着洞中之洞，刚刚消磨掉了他们漫长冬夜。

“妮妮，它不是笋尖，它像一朵花，牡丹花！”上官星雨觉得脖子又酸又涨，可还是舍不得将头垂下来。

石柱其实是雕刻出来的花梗，石柱的顶端，七八片巨大的花萼微微张开，花萼之上，是合拢在一起的层层叠叠的花瓣。火光上彻，雕刻花朵的绯红石头变成半透明的红霞，红霞中的云丝血脉，火炼金丹一般，历历可见，好一朵含苞待放的牡丹花，它好像是由洛阳的御花园里刚刚采摘过来，沾濡着晨露，国色朝酣酒，天香夜染衣，颤巍巍插立在他们的头顶上。

“咕咚！”这是吴耕仰头眺望，吞咽口水入腹的声音。

“这朵花是石头雕出来的，和心里美萝卜雕出的牡丹不一样，不能吃。”上官星雨悄悄提醒他。

“花瓣不能吃，但是花蜜呢？要是我是一行大师的话，我就会找传说中的青泥做花蜜，青泥是可以吃的啊！”可是吴耕兄，你敢再顺着石柱，重返花瓣中的迷宫，去寻找传说中的青泥大快朵颐吗？

几年前，父亲带着李离入蜀，去看青衣江上的佛像。川人集合了数千工匠，花掉了四十余年的时间，将一座山峰雕成慈眉善目的如来立像，秋风秋雨中，释迦牟尼的眉眼音容依稀已经出现，工人们搭着梯子，腰上缠着麻绳，举锤布凿，敲打他厚实的耳垂，慢慢将佛祖由山岭间唤醒。“已经摔死了十七个匠人了，”带领他们在舟中引眺的剑南节度使说，“真正凿到佛足，可能还需要一个甲子的工夫。”

凿出的这朵牡丹花，规模绝不会比石佛小。可开凿石佛，是在光天化日之下，在群山之间，举嘉州全州之力，预备好的百年功业，哪怕是日后西巡成都的皇帝，也不敢奢望自己能有放舟岷江青衣江大渡河三江，得窥佛祖真容的一天，好在大唐千秋万代，子孙中总有一个陛下会有去揭幕剪彩的运气。工圣僧一行他老人家，带领着他的弟子们，凿空山腹，由实在的石头里，凿出子虚乌有的山洞，山洞里危危欲绽的牡丹花，牡丹花惟妙惟肖，好像在等待一只巨大的彩蝶，在火光里振翼飞来一般，这是如何做到的？

上官星雨说：“是龙！这就是世界上有龙的证据，只有龙才能变成这样不可思议的牡丹，然后由遥远的龙洞里爬过来，猛虎嗅蔷薇，青龙嗅牡丹，伸着龙鼻子闻它的香气。”

吴耕说：“哪里有什么香气！又不能吃，藏在山里面，也看不见，它们为什么要变出这朵花呢？”

袁安看着李离低声说：“我看这朵花，也不一定就是凭空由石头里凿出来的，大概是工圣他们发现了地底的这个山洞，山洞中垂下来的巨石依稀有花朵的模子，一行大师与司徒一一先生决定因势利导，然后架起梯子向上开凿，才慢慢有一点牡丹的样子，凿出花瓣来之后，又在花瓣里凿出通道。总之是天造地设一半，人力穿凿一半，就是这样，工圣大人与他的弟子们，恐怕也会累得够呛。李离你讲工圣会造木马流车，我也觉得他们一定是发动了机械，搬来无数机甲来到洞底，不然也得花掉几百年在山腹里敲打才行。”

李离认真地看着袁安，点着头说：“我只是不太明白，他们凿出这朵花干什么？掏空一座山，藏在黑暗里，这么美，又这么无用。”是给武曌皇帝的吗？他未曾谋面的那位英明神武的曾祖母，一生都迷恋由她的家乡发现的牡丹花，甚至是将东都洛阳都变成了牡丹花的海洋，现在她勉勉强强与曾祖父一起，待在关西低山平原之下的地宫里，会得暇循着地下的通道，来赏玩这一枝藏在幽冥中的花朵吗？黄泉之花，永无凋零，那些经历过她的盛世的臣民，其实从来都没有将她忘记，等十年之后那场战乱收拾起来，也许会更加懂得她所经历的那些传奇，她所守候的盛世的不易。

上官星雨却不同意，她说：“我听说东方宇轩谷主离开东海，来秦岭山中开辟万花谷，他的家人并不赞同，特别是谷主他老人家的未婚妻子方碧玲，甚至是一路追寻到秦岭，在万花谷畔的绝情谷隐居下来，希望他能够收回成命，随她回蓬莱岛践行婚约，生儿育女。谷主当然是没有答应，不然哪里有什么万花谷！外面的人猜谷主心意如铁，对方女侠无情狠绝，我倒是觉得他是将情愫深埋在心里，就像这朵牡丹深埋在山里，你们仔细看，这朵花的模样好伤感，不像是含苞开放，而是迷思于烟雨中，泫然欲泪。”真是不能小瞧女孩子们八卦的天赋啊，好好的一朵家国牡丹，任由她发挥成为上元夜巡游御街时的情人节礼物。会有一个晚上，东方宇轩领着方碧玲来到这里，将牡丹花指点给他的心上人看吗？唉！人家东方谷主弃家修道，开辟桃源，以领悟宇宙天机为己任，哪里还会沉迷人间情事，不能自拔于裙钗女色？可是上官星雨这样一说，李离等三人又觉得与我心有戚戚，那朵石室中央的红牡丹，好像也被跳闪的火光染上了伤心色。

“小心啊，这朵花是活的！”袁安沉住气，低声说。

果然，在大家议论它是帝国之花还是情人之爱的时候，绯红色的石牡丹好像由地底里苏醒，记起自己尚未绽放，石柱顶端，交相层叠在一起的几十片花瓣如同合拢的手掌，轻颤着微微扩张，纤细的手指屈伸起来，石柱中传出细微有力的声响。

很快，沙沙的细响就被头顶花朵中间传来的声音盖住了。好像有风刮起来，卷过平原上的麦田，山岭上的松林，又吹开东海上的巨浪，由青萍之末到飞沙走石，到激扬澎湃，直至浩荡往复，好像能够将星斗一颗颗吹落到大地上。但这并非是真正的风，袁安手中的火把熊熊燃烧，纹丝不动，他们的头发也没有被吹起。在往复回还的风声里，有鸟鸣山涧，有虎啸猿啼，有牛羊归牧，有鸡叫狗吠，好像每一种生物，都被模仿到这里，饶有兴趣地加入了合唱，众生喧哗中，婴儿的啼哭出现了，高亢而悲伤，像之前子虚乌有二老划过夜空的玉玦明亮夺目，啼哭之后，是母亲怀中的呢喃，是少男少女的调笑，是情人枕间的淫喋，是夫妇恨别伤离的叹息，是病人受创时的绝望呻吟，是老人离世时的艰难吐气，个人的喜乐与哀愁，很快又卷进市井扰攘、庙堂鼎食、乡野山歌、深山梵呗，由一群人到另外一群人，或散或聚，或分或合，之后鼓声点点，越擂越响，如急风飘雨，好像要将万事万物都召集到战场之上，两阵对圆，车辚辚马萧萧，长风浩荡中，将帅兵卒长枪横刀，巨锏实锤，各自奋力向前，杀伐决战，马鸣箭啸，血突骨折，辗转号啕，以命搏命，以血换血，决定生死。

三

“是霓裳羽衣曲？好像是，又不仅仅是，这是哪里来的声音，起于青萍之末，又云垂海立一般，能够生人，也能够杀人，我们要小心。”乐音乍起，李离就招呼袁安、上官星雨、吴耕，四个人手拉着手，围成一个圈，背靠在石柱上。花瓣在他们眼前越压越低，在花瓣间回旋的声浪如洪水一样席卷了他们，由双耳进入他们的身体，游走到经脉之中，激荡着心神。少年们在涉世之初，情感萌发，喜怒哀乐皆被乐曲唤醒，根基既浅，哪里又有心力与之对抗，只能在这由琴圣苏雨鸾潜心编写的破阵乐里，载浮载沉，一会儿觉得人生无趣，如冰封雪盖，寂寥空白，了无生面，生有何欢，一会儿又觉得世界美好一腔春意，温柔雨夜，万物发生，何其缠绵。空空也，色色也，由五感的通道来去如电，既然无力与之抗拒，就索性将身体交给这冥冥中的造物吧！让造物主以隐秘的意志，来更改他们的记忆，来增减他们的情感，喜乐哀感，成魔或者成道，就由他的心意好了！四个少年紧紧地握着彼此的手，身体中的内息由各自的丹田里焕发出来，流动在他们的身体之间，如溪丘与河山，回应着回旋的声浪，或如沃冰雪，或如入洪炉，也许接下来的大音，就会让血冲出经脉，冲出百会穴，血箭一般，溅射到他们头顶的花朵上，但少年们心意已决，并不害怕。

“好像下雨了。”上官星雨心里想，她没办法将手由李离与袁安的手里抽出来，只觉得“雨点”在簌簌地由头顶飘落下来，落在她的头脸与身体上。仰脸细查，并不是雨，它们滑过脸颊的时候，是干爽的，也并不是雪，它们有温润的质感。大家抬起头的时候，发现明亮的火光里，多出了亿万密密匝匝的光点，在繁复冲荡的声乐中，正向他们飘落下来。

“我尝出来了，这是桃花！”吴耕舔舔嘴唇，喊道。阳春三月，清明扫墓，厨师父亲会带他回乡下去，吴家坳是渭河边的一个村子，三月的时候就被包围在红桃白梨之中，赶不到桃子与梨子成熟，悄悄地尝尝花瓣也是极好的啊！吴耕牵着父亲的手，常常偷偷地将桃瓣往嘴里塞。

大伙学着吴耕试着去接由空中飘扬飞落的花瓣。梅、桃、李、杏、海棠、蔷薇、木槿、紫薇、玉兰、槐花、荷花、桂花、菊花，有的能用舌头辨认出来，有的也无能为力，就上官星雨来讲，最有意思的是木槿吧，这种白色与紫红色的花，由五月到十月，次第开放在门前的小巷里，祖母有时候会吩咐厨娘去摘来做菜，当然，石楠花她也有印象的，那么腥臭的花，是魔鬼派来的吧，开在阳春，一直要等到八月里桂花开放，才可以将它的余味清算干净。

可是纷纷扬扬的花瓣雨从天而下，并不是给他们来当宵夜的，少年们很快就尝到了香艳粉腻的温柔乡的苦头。他们的舌头与脸庞，并没有分辨出来，花瓣的种类与疏密，色泽与气味，其实在与空中震动的声响呼应。牡丹花中传来繁复错综的丝弦之声，花雨也会变得急骤而频密，金桂与寒梅的气息混杂在一起，令人头脑激越昏沉；而牡丹花中的声响回复到和蔼安宁的箫管之乐，花雨也变为轻缓疏落，飘来隐约的梨花与菊花的暗香，令人神情空明。这样高低、强弱、香臭、软硬、上下的变化，与声音的魔道消长交会，愈加令他们五感开放，情难自禁，真气跌宕，血脉偾张，凶险万变，苦不堪言。

而他们头顶的石头牡丹花的巨大花瓣，继续在缓慢的绽放中越垂越低，离他们的头顶越来越近，积在脚下的种种花朵，也越堆越高，由他们的脚面涨到脚踝，漫过小腿，来到了膝盖。这样的“花开”“花落”，也许不要一个时辰，他们就会被牡丹花瓣顶压到地面上，又被花瓣的“暴雪”掩埋。万花谷，万花谷，是东方宇轩七圣们的桃花源，却会变成他们的大花坟吧！难道他们走到这里，是要被献祭给这朵花的吗？他们还是不愿意松开手，听凭身体内真气呼啸，情感激荡如潮。就这样，异姓的兄弟姐妹，不能同日生，同日赴死，一起死在黑暗的花冢，也没有什么不妥。

恍惚中，袁安手持火把、被李离抓住的右手，忽然抖动起来，是李离在摇晃他的手腕！电光石火间，袁安心神一定，转动手腕，松开五指，将手中的火把抛出去，只见余下半截的松枝火把由花雨中翻滚沉落，掉到地面，转眼间即被花雨吞没，一尺余长的火苗无法将温润的花瓣点着，跳闪片刻，旋告熄灭。

奇怪的是，火苗甫一歇灭，他们头顶的牡丹花就停止了绽放，保持盛开的姿态停滞在离他们前额三五尺远的地方，而花瓣间纷飞而下的花雨，也越来越小，终于停歇下来。火把既灭，但大洞中仍然有一线荧荧的微光，大家定睛去看，原来是上官星雨脖颈上的玉玦，吐出了点点光华。

“果然是因为火把！”等到喘息甫定，李离才解释道，“一行大师司徒先生凿出来的牡丹花，不仅好看，还是一个绝妙的机关。我们举着火把，由山外一圈一圈走下来，来到洞底，又举着火把观看花瓣，热气累积上升，沿着山洞环绕，就会触发机关，这个有一点像孔明灯。其实将石头雕成孔明灯，还不算难，难的是，他们在牡丹花的不同花瓣间，都凿出了暗道，暗道里藏下由万花谷里采摘来的花瓣，这样随着热气的萦绕，不同的暗道发出不同的声响，落下不同的花瓣，至于声音如何混杂在一起，发出不同的声调，花瓣又如何调和，产生不同的气味，这个就不是我能想出来的了。”

袁安兀自心猿意马，心里好像有一万头烈马在突厥人的草原上狂奔，好容易才将它们一一收束起来，听到李离的说法，一时又惊又佩，难得他在迷狂的声色里，还能保持一分清明，想通其中的关节，并提醒他将火把扔出去。如果还将火把持在手里，牡丹花会一直开放到凋谢，暗道中的宿花会全部倾泻下来，直至将他们埋葬吧！他一边想，一边紧紧地握住了李离的手。

“妮妮你真聪明，可是我刚才差一点就死了。我好像被那个秦王破阵乐带入了一个战阵里，在我前面的人都死了，断头的，断手脚的，开肠破肚，血流到我的靴子，突厥人的箭蝗虫一般迎面飞过来，在射到我身体之前，忽然又停下来，掉进我面前的沙土里。我明白过来，这些都是假的，可是这是怎样的假啊，比真正发生的事情还要真实很多倍！”上官星雨脸色苍白，脸上是虚弱的微笑，她强迫自己镇定下来，去看她另外一只手牵住的吴耕，却发现，刚才吃到桃花的吴耕昏沉沉背靠着石柱，双耳双眼与口鼻上，都有淡淡的血痕。

“吴耕！”三人蹚过积在地面上的花瓣，将他团团围住。

袁安将吴耕抱在怀里，李离掐着他的人中穴，上官星雨将玉玦取下来，代替火把举在手里。吴耕醒过来，张着嘴，嚅动着嘴唇，却说不出话。看到三人着急的神色，他又伸手指向自己的双耳。在铺天盖地的花雨里，在他想起跟父亲一起重返他们的吴家垴桃花源之后，他到底想到了什么样的幻象，让他激动如斯，无法说，也无法听？

“五色令人目盲；五音令人耳聋；五味令人口爽；驰骋畋猎，令人心发狂；难得之货，令人行妨。是以圣人为腹不为目，故去彼取此。”

李耳这老家伙说得不错，五色、五音与五味，能生人兴味，也能丧人智识，可是来到这样的声色花阵里的少年，五根乍染，血气方刚，哪里懂得“去彼取此”的道理。

吴耕听不见，说不出，他的黑炭嗓子里，好像浇上了铜汁。但他的双眼却是灼灼明亮。他焦急地伸出手，扭过来艰难地拍着身后的石柱，石柱发出“空空”的声响。

石柱是中空的，暗门就在吴耕的背后，刚才他的头脑在声色中备受着煎熬，他的背上却传来了暗门滑动的声响。

袁安、李离、上官星雨各出一掌，石壁受力内陷，石柱的根部中间，豁然露出一个两尺见方的小口，黑暗中水流哗哗，潮气扑面。

好像一夕听花雨，他们的丹田里凭空长出了不少力气，不然怎么能将石头劈开呢？

四个人面面相觑。上官星雨捏着玉玦，将头伸进缺口。缺口之下，三五尺之深，水面如镜，映照出花容月貌的女孩儿自己。对，那就是她，跟之前在黄河岸边看到的一脸泥灰的乞丐不同，她的秋水剪瞳，漆黑头发，海棠般的脸，明亮俏丽，这花瓣雨的洗濯，又让她回到上官家小姐的样子。

“星雨你害怕吗？”李离的声音好温暖。

“我在长安很害怕，现在已经没有了。我要是害怕，就不会来黄梁驿，来万花谷。”星雨说。

“你先跳下去，小心别将玉玦弄沉了。”

“嗯。”

上官星雨扑通一声，跳进黑暗的流水中，一点亮光随着她向不可测的深水中沉去，接下来是李离、吴耕，李离拉着吴耕的手，袁安托着吴耕的背，小心翼翼地跟在他身后。四个少年，在水中连成一线，上穷碧落下黄泉，唯愿黄泉通洞天。

片刻，明镜般的水面平静下来，四声空空的落水声也在宽阔的山洞里消散。随着那点亮光的消逝，山洞中冷气下沉，花朵上升，石柱支起，积满花瓣的石厅回复原状，深藏着绯色牡丹花的万花因隧道，经过一夜的绽放，又重新闭合，沉入秦岭山腹，返回到沉沉黑暗。

积雪树连天，晓月山外山。少年们跳入淙淙流水的时刻，黄梁驿里其他客人，瓦匠大叔们、红紫秀才、胖捕快一家，龙精虎壮的黑驴已驮着他们走远，当最后一抹夜色由摇摆的驴尾上退去的时候，春窗曙灭九微火，九微片片飞花琐，他们已经能够看见驴头前面，启明星下，展开的江南未曾凋谢的绿树，未曾落雪的青山，荞麦青碧的平原。

四

“欢迎来到万花谷！”绣襦香风阵阵来，粉红衣裳荷花裁，巧笑盈盈，牵着大鹏小鲲，站在抱日台暖黄朝阳中等候着湿淋淋如水老鼠般依次由落星湖中钻出来的四个人的，不是花圣宇晴，却是谁？可站在她身边，长身危立，紫襦黑衣，面如白玉，黑须漆漆，一手拈须，四十开外，沉静如水的中年男子，他是谁？他高大的身形为什么这么眼熟，这位大叔，好像在哪里见过……

群山历历，莲花一般迎向朝阳。悬崖绝壁环围之下，叠石铸峰一般立起由抱日、摘月、登云三台组成的云锦台。台外林木四合，藤蔓蒙络，离离青草爬满岩间阶下，草木峰峦间，山花如火，清露如珠，清雾如乳，缥缈如丝，与冰天雪地的黄粱驿比较，万花谷仿佛停留在阳春三月。

“宇晴姐我呛了好多水，好在湖水温温的、清清的，喝下去也是甜甜的。”上官星雨拉宇晴的手，又去摸小鲲，她手上还有那块立下不小功劳的玉玦呢，小鲲一见，鸟眼里精光一闪，一张尖喙，就将玉玦啄进了嘴里。星雨又气又急。宇晴笑道：“这家伙除了爱捉晴狼，就是喜欢吃玉，看到玉，就吃到嘴里，星雨你就将你祖姑婆的这块玉当成是小鲲的见面礼吧。”星雨心有不舍，但看到小鲲心意满足的神情，也是欣然同意。

李离远眺四周，请教宇晴：“宇晴师父，万花谷四季常青，是因为湖里温泉水的滋养吧。”宇晴点头称是，环顾着四围诸峰说：“我喜欢这个栽花种草的好地方，改天我带你们去晴昼海看花去，几千几万的花，每一天都不同，都是我种的！”黑衣人也在一旁含笑点头，一脸的怜爱，好像看着小妹献宝的大哥似的。

“怎么样，我给你们准备的花雨很不错吧！那是我按一行那个老和尚给的单子，带紫晴她们在晴昼海忙了整整一年，才采集起来的，好几百麻袋花瓣，小鲲背了四五天，才驮到万花因隧道的入口装进去。一行老和尚说你们经受了他五音五色的考验，就可以领悟花间游心法，激发烟霞、寒碧、寒血、青冠、焚玉、雪中行、流离、旋落、生息、梦歌诸色奇穴，凭空增长出三四重花间游内力，也不知道是真是假，你们快运功看看，说不定就自己将湿衣服烘干了，免得湿答答难受。”宇晴带有南方口音的官话脆生生的，真好听。

袁安、李离、上官星雨依言将内力汇聚到丹田，果然觉得丹田内温温泄泄，与之前不同，宇晴又指点三人运气，将内力送至浑身经脉，运转一个小周天，顿时周身皆热，湿衣雾气蒙蒙，片刻即变得干爽舒适。

吴耕却是浑浑噩噩地立着，只知来到万花谷，一时欢喜，又为自己听不见说不出而着急，双眼里又急又惧。黑衣人走上前，伸出手掌贴在他丹田上，运力替他烘干衣服，收手搭在吴耕的手腕间探看他的脉息，也不由得微微叹气，右手戟指急点，厥阴指、少阳指、少明指、商阳指、太阴指、阳明指诸式兔起骰落，又挥手将在一边探头探脑的鲲招过来。

黑衣人将吴耕扶到鲲背上，自己跨坐到他的背后，一声呼哨，鲲展翅飞起，朝谷中盘旋飞去。

袁安有一点着急，问宇晴：“这位大叔带吴耕到哪里去？”

宇晴皱着眉头说：“吴耕没办法跟你们一起做正意弟子了，他得去聋哑村修炼，你们暂时可能不会见面了。”

上官星雨流下了眼泪，袁安、李离也眼圈发红。

可是他们已经来到了万花谷，总有一天，大家会重新相聚在一起，不是吗？吴耕你在聋哑村好好练功夫，我们得空会去看望你的！

同生共死过的好朋友，一辈子都会在一起。

“那个黑衣大叔是谁？”李离问。

“他要不是常常故意拉长脸的话，长得还是蛮帅的。”上官星雨拭干脸上的泪水道。

看着沐浴在蓝天与朝阳中展翅飞翔的小鲲，宇晴拍拍脑袋说：“哎！我都忘了给你们介绍，他就是东方宇轩谷主啊！对，他也是那个‘老黄’，他领着我跟子虚、乌有两个老头子，忙了这么多天，总算是找到了你们。他扮老黄还真是像，我都忍不住笑场好多次。可惜李离你的一包袱金叶子，已经被他在黄梁村找鸟窝大师换酒送给碧玲阿姨了！”

“原来还真有这个鸟窝大师啊，我听人讲玄奘大师西行取经时，遇到一个乌巢禅师，是他的师兄吗？”星雨已破涕微笑。

“我还是想求东方谷主将那个黑钟馗的面具送我，我用那袋金叶子去换，他不亏的。”李离幽幽地说。

“早知道你们这么调皮，还不如换成那两个红紫秀才来万花谷呢！”万花谷的年轻花圣板起俏脸，眼眸里却满是笑意，脚步轻松愉快，领着他们三人往缥缈如梦的三星望月走去。“春兰秋菊夏清风，三星望月挂夜空。不求独避风雨外，只笑桃源非梦中。”万花谷，我们终于来了。

第三章　鲲鹏记

一

“万花谷什么都好，就是蚊子多！”上官星雨嘟着嘴，摇着蒲扇往前走。七月初七，山间黄昏，一路夜气初发，草木生香，萤火点点，照亮蚊柱飞旋，蚊雷嗡嗡。袁安与李离跟在她身后。两个少年已经将花间游内功练到了第五重，周身经脉通畅，气息流转，就是蚊蚋的细足蹬踏上来，也会被真气反弹，趔趄一滑，扫兴而去。可人家星雨同学还在第三层“清风垂露”上打转，气机内敛，热力外泄，正好召唤全谷的蚊子来降坛会饮，所以一把蒲扇不得离手之外，还必须舍去女孩儿夏天热衷的长裙，紧紧地裹着男弟子们的长裤，饶是这样，口鼻、手足露出她莹莹肌肤的地方，还是被蚊子咬得斑斑点点。

袁安皱着眉道：“以谷里师父学长们的本领，是可以将蚊子除掉的，宇晴师父种一片驱蚊的花花草草，比如艾蒿什么的，司徒先生做一批可以捉蚊子的木人，不是鼓捣他那个‘刑天’，药王他老人家配几缸药汁让聋哑村的仆役们洒扫，东方谷主再让大家练一练‘去势’剑法，三五天必有奇效。可是蚊子除了，蜻蜓吃什么？蜘蛛吃什么？蝙蝠又吃什么？还有其他的鸟儿，也得将蚊子当饭。要是没有蚊子，万花谷就会少很多生机与生趣。我来谷里几个月，功夫上没什么长进，心里却觉得，每一棵树，每一只动物，每一个人，在这里都是相关的，长在一起，牵一发而动全身，一头白猿在晴昼海里叫几声，可能就会引来一场雨，第二天早上，晴昼海里的草头就会盛开，一片紫颜色。”可怜的家伙，过去的几个月，他领着星雨和李离加入正意部，格物致知，诚心正意，一门心思修功夫，本来是想将由万花因隧道里碰巧得来的花间游内功尽快练到传说中的第七重，没想到，三、四、五、六，他与李离都进境神速，可达到第六重之后，却是不进反退，像一条卡在溪流中的小船，东方谷主与宇晴师父告诉两人心法与口诀，好像再也派不上用场。

李离心疼星雨，但嘴上不饶人：“你还是将内功练好吧，不然，全谷的蚊子都会绕着你飞！就你一个人晚上睡觉要高高地挂着蚊帐！不要每天不是缠着宇晴师父看花，就是去找林师父学画画，苏师父学弹琴，王师父学下棋。内功，内功，内功，重要之事，我跟你讲三遍！格物是为了内功，致知是为了内功，诚心正意，都要在内功上见分晓。没有内功，以后你在江湖上，就是一个女混混儿。”李离一边数落星雨心里一边想，做一个女混混儿、空空儿的星雨，好像也没有什么不妥啊。

上官星雨一路听得连连点头，可是……真的不用去找宇晴师父吗？她长得那么好看，性格又那么温柔，她的眼睛里好像藏着一个更深的落星湖，幽幽闪着波光，她的双手又是那么灵巧，好像路边的每一棵树、每一朵花、每一条藤蔓，被她的手指触碰一下，就会吐芽、生根、开花、结果，生机勃发。她用“点墨山河”的轻功在晴昼花海里奔跑的时候，就是一个仙女。“师父姐姐你有什么种花的诀窍吗？”星雨有时候会傻傻地问。“你到它们中间去，看阳光、月光、星光照着它们，听风吹，听雨淋，听露水滋润它们，听它们生长的声音，就会明白怎么样种花啊，花不是我们种出来的，是它们自己长出来的！”宇晴会认认真真地对星雨讲，她一脸认真的神情，真美。今年春天宇晴师父迷上了种牡丹，魏紫姚黄，各种颜色与形态的牡丹花，挨挨挤挤站在她的院子后面，长安、洛阳的牡丹花种得最好的时候，也比不上宇晴的牡丹品类奇、花色好。星雨愿意捏着荆条，站在院子门口，由早到晚守着，不让那些讨厌的野鹿跑过来啃牡丹！宇晴师父又迷上了制茶，谷雨之前，晴昼海边上最高的那几棵老茶树上发出成千上万粒新芽，这几棵老茶树是宇晴派弟子专门由她的老家南疆浪穹诏的大山里移来的，撞州过县，船载车行，好容易在万花谷里开枝散叶。宇晴将新芽摘下来，晾干，炒制成雀舌一样的白茶，取名叫“漱玉茶”，去送给东方谷主、碧玲阿姨、孙思邈老神仙爷爷他们，每人一个小纸袋，三两都不到。大清早跟着宇晴师父去朝阳晨露里采茶，一边跟她在习习春风里学唱南疆的采茶歌：“三月采茶茶正柔，阿妹采茶在山头。阿哥你看满山茶叶随风绿，阿妹我喜得阿哥捎信在四周。”风景好，歌好听，星雨觉得采到的每一瓣茶叶，都比金子白玉要宝贵。还有，跟宇晴师父学做菜！那一道“飞龙卧雪”，用花猴的腱子肉、野鹿的鹿茸、晴狼的舌头切成细丝炒在一起，堆积在荷花瓣上，王知味那家伙将菜谱借给宇晴师父时，他脸上依依不舍的样子！星雨被宇晴派到晴昼海里猎晴狼，割狼舌，将狼舌上厚厚的腥膻的白苔用小刀子一点一点刮下来，原来这是上官府里厨役们做的事啊，星雨做得津津有味，一点都不烦。原来一个人活在这个世界上，可以由种树、养花、采茶、做菜等琐碎的事情里，由亲自动手、浑身是汗里得到这么多的快乐，这是星雨之前从来没有感受到的。“什么是武功？”星雨问宇晴。“花开叶落都是武功啊！”师父小姐姐睁大她清澈的眼睛盯着星雨，“你想想春泥护花，花会长，我们的内力也会长。芙蓉并蒂，兰摧玉折，花语酥心……你多看看花，自己就明白了。”星雨格了半天的花花草草，自己没法子明白，回来请教李离，李离的眉头又皱得像老榆树似的：“宇晴师父说的是百花拂穴手？离经易道？”

真的不用去找林白轩师父吗……他那么帅，那么忧郁，笑起来就像春风吹开落星湖，对雨鸾师父又那么温柔体贴，有人讲凤是男鸟，凰是女鸟，两位师父就是我们谷里的一对凤凰！宇晴师父一定也是这样想的，她在林、苏两位师父住的仙迹岩种了好多青桐，亭亭玉立，晨风吹过，将淡绿的梧桐花摇落下来，筛满一地，林师父在苏师父的琴声里作画，画他的山水、花鸟、古寺、城镇，城镇中各种各样的人，有时候，他也会画山里的神仙，骑着珍奇异兽往来，他其实没有一样人物是画得对的，却可以将它们的灵力与魂魄画出来。星雨跟着前来向两位师父请教的师兄师姐们一边听，一边伸脖子看，师兄师姐们提笔的提笔，鼓琴的鼓琴，屋子外风和日丽，啼鸟互答，仙迹岩上的瀑布轰鸣，这时候要是有一个人由屋子里出来，远远地回望这青桐掩映的宅院，清泉林石中作画奏乐成群结队的青年男女，又活泼，又风雅，也会觉得，他们是在仙乐飘飘的画中游，就像置身吴道子的《八十七神仙卷》似的。吴道子是林师父最爱的画家了，也是林师父的师父。他们的画室四周，挂满了吴道子的画。“要画风！光是万物之灵，风吹着光，才是画，这可以是一套剑法，听风吹雪，踏歌雪中行，我们将它叫风光剑吧！”有一天，白轩兴之所至讲到这里，回头盯着正在弹《获麟》的雨鸾。雨鸾停下修长的手指，沉思片刻说：“白轩，风将光吹成线，成为曲，琴声也是线，也是曲，明天我们早一点起床，去落星湖边练练你的风光剑吧！”她的嗓音真好听，落星湖边树丛里的千百只黄鹂，没有一只黄鹂唱出的声音会超过她。可是林师父自己画风，却要我们画水！他说：“平远细皱，起起伏伏，这是画匠们的画法，你们要学水奔湍巨浪，随石曲折，随物赋形，画出水的神气。画好了水，才画得出风，画得出光。”星雨画了几天的水，总算有一点“输泻跳蹙之势”，被林师父在上面涂了朱表扬说好，喜滋滋地带回来给正在钻研机关术的李离看，李离用手指点着她的额头讲：“姑娘你要学的是风光剑，不是画风水。”星雨心里想：“你这家伙就该去上上林、苏两位老师的课，就是学不来画画弹琴的风雅，看看人家怎么样举案齐眉夫唱妇随，也是极好的。”小姑娘家一边想，脸却微微红了。

还有颜真卿师父，大家觉得他很古板，书法课也很没意思，除了描红就是描红，依葫芦画瓢，又排在春日迟迟的下午，一般的弟子能逃课就会逃课。找的理由是要去帮工部修机关啊，帮藏药部晒个药啊，帮图部整理书籍啊，帮酒坊糖坊干活啊，为厨房捞鱼摸虾啊，头疼脑热啊谁也免不了，自己去采药配个方子什么的，实则是与心上人去逍遥林散个步，三星望月去看夕阳，晴昼海去摘花，落星湖去摸鱼。话说回来，反正按东方谷主他们立的规矩，万花谷的课目都随弟子的兴趣自行选择，所以你也莫指望颜老夫子上课前，能摸出花名册来考个勤点个卯，他自己一碟花生米、一壶“漱玉茶”，在窗户下的日影里翻着钟太师卫夫人王逸少的拓本，昏昏欲睡，几个想由书法里悟出剑意的小夫子正襟危坐，一个圈一个圈磨墨，平心静气地铺纸，挥舞着用晴狼背脊上的狼毛制成的笔，点横竖，撇捺提，仿着老夫子发下来的“上大人丘乙已化三千七十士尔小生八九子佳作仁可知礼”二十四字真言，仿十遍领一次出恭牌，仿到三十遍，差不多就到了日影西斜，下课饭讫的时辰。能够在颜师父的书法课上不打瞌睡的同学，要么是找宇晴师父讨过赫赫有名的“万花谷风油精”，余下的都是万花谷一等一的好弟子，星雨算其中的一个。她在家里已由蒙师开过笔，学习楷字，悄悄问师兄们什么时候能将这二十四字咒写到草书，曲风师兄不紧不慢地画着桃符，一边回过头来对她讲：“我还没听说过万花谷有谁能由颜师父这里学到草书的，楷书十年可通神，草书一天乱脚跟，宁要欧公奇，不要张旭狂，小师妹你莫做梦了。”因为无聊，师兄们也特别调皮。有一次曲风师兄悄悄捉了一只癞蛤蟆，用石头压着，放到一张瓷碟子里，趁师父打盹替下了茶壶旁边的花生米。颜真卿醒来吃茶，去摸花生米时，就摸到了蛤蟆沟沟坎坎的癞皮上。众人拼命忍住不笑，颜真卿却盯着石头下的蛤蟆发呆半晌：“石压蛤蟆屈而生拙，拙有力，力通神，后世必有此体大兴于世！”还有一次，另一位轻功很厉害的刘歆师兄，直接就趁老师睡着，将墨涂到他脸上去了，老夫子醒来，摸了一手的墨，看着手上反印的纹路，也很赞，说："这些横还是有一些生气的，并不是死蚯蚓。"最可恼的一次，是一位名叫宋歌生的师兄，他领着出恭牌去小解，发现临空架在水潭之上的茅厕，坑位之前有一棵楠竹根部油光水滑，他问过其他几位男弟子，明白这是颜师父出恭的时候，会一边抱着竹子格物致知，思考悬垂露成竖的法门，一边五谷轮回方便如斯。宋师兄伙同曲风刘歆二人，悄悄将那棵竹子的根部用小刀挖空。第二天下午，颜真卿又来方便时，抱着竹树摇头晃脑沉思入厕，竹根全断，竹子一松，他自己是猝不及防，破茅而出，直坠水潭，好容易一个千金坠定住身形，那边东方宇轩刚好路过，慌忙将鞋袜皆湿的一代文曲星拉上来，老夫子抹去脸上的水，大喜过望，说道："懲气回锋，大道曰返！"东方宇轩也是一脸喜悦，连忙向他作揖："大哥你悟了，悟了！今晚有酒！"那一次，挤在窗子下看热闹的曲风们，差一点将肠子都笑断了。星雨将"石压蛤蟆""死蚯蚓""大道曰返"讲给李离听，李离也笑得前仰后合，一边又正色对星雨讲："颜老师的字雄秀独出，一变古法，兼收汉魏晋宋以来风流，我朝书法名家没有谁超过他的。字如其人，他格力天纵，神乎其神，难以预测！练百花拂穴手中的'快雪时晴''钟林毓秀'，都应体会书圣的笔意！"星雨听得半懂不懂，只是觉得颜师父的课虽然没什么意思，但这些促狭师兄太有意思了……

还有积薪师父！他的棋室也是星雨喜欢待的地方。星雨他们刚来万花谷的时候，春雨绵绵，乍暖还寒，王积薪听子虚道人乌有先生两个老家伙回来讲，说有四个孩子误打误撞，破了“媪妇谱”，忙亲自跑到弘道部来，见到袁安、李离、上官星雨三人，又是作揖又是打拱，一定要东方宇轩做证，由他来拜三个少年做老师：“破解媪妇谱是我一生的志业，现在大功告成，你们三个就是我的恩人，小师父在上受我一拜！”东方宇轩不同意，他说：“积薪兄，天外有天，谱外有谱，万花谷得天之助，破解媪妇谱，是我辈弈人之福，人力有尽，棋道无穷，积薪兄正要指点这几个孩子百尺竿头更进一步，切莫自谦至此。”王积薪挥袖擦掉脸上的泪水，当即将三个少年带到棋室里，信誓旦旦，一定要将浑身棋艺倾囊相授，还要东方宇轩除了管理谷中事务之外，也应抽空过来弈棋，毕竟，这个谷中，只有他们两人才是唯二的弈棋高手。几个月下来，媪妇谱的万千种变局，师徒四人闭门苦研，都已经烂熟于心。这飞来的棋局，果然是玄之又玄，打开了围棋的众妙之门，有时候他们连夜打谱，听着夜雨打着窗外的新荷，不知东方之既白，这种梦幻般的体会，也是从前没有过的，星雨常想，比较起画画、弹琴、书法，也许围棋才是我的真爱？这样一闪念，林师父、苏师父、颜师父的影像便在她眼前一一浮现，按下葫芦浮起瓢，让她自己都觉得内疚起来。除了下棋之外，积薪师父却是一个腼腆内敛的中年大叔。有一天，趁着李离与袁安不在，星雨悄悄问他：“师父你站在溪边的窗外，真的没有看清那位婆婆，还有神仙儿媳吗？”王积薪手捻一粒黑玉棋子停了下来，一张白玉般的脸变成了酱紫色，半晌抬头对星雨道：“那夜月光入户，照在床枕边，徘徊转移，有一刻就停留在她的脸上。”星雨问：“她长得好看，对吗？”积薪师父点点头。星雨又问：“您很想念她，对吗？”王积薪长叹一声，定定地将棋子放到棋盘上，答道：“棋道如梦，佳人如梦。”回来星雨将此事讲给袁安李离听，两位男同学也叹惜了半天，没想到一代棋王，还是一个情种啊，可惜与人家仙凡相殊，罗敷乂自有夫，那夜仙姑仙婆下棋，仙姑父不知云游在宇内何处，他要是碰巧回来看到棋圣大人的偷窥，还不打得他满地找牙齿。

可是媪妇谱跟武功有什么关系呢？琴棋书画再好，也不能帮星雨赶跑夏天里越来越多的蚊子啊。花间游，花间游，离经易道，离经易道，内功，内功，一定要打劳么子坐、调劳么子息，什么太素九针养心诀、点穴截脉拂穴手，什么无根树花正明、月魄天心逼日魂，什么金乌髓玉兔精、二物擒来一处烹，什么先贤明露丹台旨、几度灵乌宿桂柯，唉！

星雨回想起他们进到万花谷半年来的点点滴滴，进而想起冷雨飞雪里寻找到万花因隧道的不易，觉得又伤感又甜蜜，一边将自己的苦恼和盘托出来，希望得到两位伙伴的开解。李离入谷以来，已经变成了内功机关派、古籍整理派，平日向袁安讨论内功既多，得空就去工部，请教僧一行师父，又跟司徒一一先生的几个入门弟子牛星罗、冉间选等来往密切。星雨与万花诸圣学种花栽草，琴棋书画，他虽然也不无兴趣，总觉得太慢、太迂、太文艺，不如内功修习循序渐进，机甲机关切实痛快。

袁安抬头去看西天的诸峰，暮紫沉埋，星斗乍现，这个时候，鲲这只懒鸟还在落星湖里戏水吧？它会眯着眼睛，将细长的脖子收进来，将小脑袋深深地埋进湖水里，直到湖底清凉的水冲掉翅膀上的最后一点暑热，才会懒洋洋地由湖心里拍翅升起，飞到他们正意部“天”字斋的前面，来载他们三人去摘星楼见东方谷主。对的，万花六试之后，东方宇轩谷主特别吩咐宇晴，让她带这三个成绩优异的少年晚上到摘星楼上去见他。

星雨没有错的，如果不是她，他们几个人不可能那么顺利地通过万花六试的。“星雨，你不要太操心蚊子，你今天的表现多么好，那么多师兄师姐都被你比下去了，将‘飞龙卧雪’做出二十五种滋味，将‘漱玉茶’冲泡出春和景明的意境，由宇晴师父的六十四种牡丹里认出倒晕檀心，你还要说出来苏师父弹的平湖秋月是九月初九的新月，又要认出林师父拿出的一百张画里，哪一个是吴道子的真迹，这个真不容易。不是你开了一个好头，我与李离也轮不到去回答书圣、棋圣、医圣三位老人家考校的机会！我还觉得，技艺都是由精气神里来的，精气神都是由心里生出来的，心无挂碍，就能逍遥花间游，技进乎道，内力自然而然就由丹田里生出来了。李离你说对吗？”

李离有一点心神不宁，星雨已经注意到。

“我听星罗师兄他们说，以前万花七试都是同一天进行的，今天为什么没有第七试‘机关之试’呢？东方谷主他们是将‘机关之试’留在了晚上，要我们星夜去赶考吗？”原来李离的担心在这里。

“你和袁安花了那么多时间在机甲上，你晚上做梦都在研究甲人，还怕过不了第七试吗？”星雨撇着嘴，但她也只是说说而已，她知道李离心思细密，担忧的事，一定有其道理。

“吴耕要是知道我们过了六试，不知道会有多开心，既来之，则安之，我知道司徒一一的甲人有多可怕，但我偏不怕。”

袁安微笑着说。

这时候，他们的头顶上已经传来鲲鼓翼的声音。他们抬头去看，宇晴师父坐在鹏背上，向他们俯冲过来，李离、上官星雨、袁安三人双足往山路上一点，衣袂飘飘，身形如箭，向鲲鹏的翅背间跳丸飞弹般射来。正是宇晴指点他们练成的“点墨山河”击水兮万里，纵翼兮排云，轻功之俊赏，与当日宇晴在黄粱驿见到时已经是天差地别，宇晴不由得心里一暖。夜色已经降临，万花谷里灯火繁盛，空气里满是初荷与金合欢花交会的清甜香气。小鲲金声玉振地长吟，载着四人往高高的摘星楼飞去，摘星楼之上，暮紫的回光里，灿灿长庚星领着群星正在冉冉浮现。

二

摘星楼筑在谷中央最高的石峰顶上，稍逊于此峰的另外两座石峰与之鼎足而三，峰顶分别筑有觅星殿与赏星居，风和日丽的晴天，夕阳沉没之前，便是将最后一片暮色铺展在摘星楼、觅星殿、赏星居蓝绿的琉璃飞檐上，令平素朴实无华的檐角在此一刻闪闪发光，好像是由黄金铸就。平日大家去觅星殿见东方宇轩谷主论武议事，去赏星居看孙老神仙抟丹制药，或者上摘星楼摸云扪星，都得坐吊桥与绳车，由岚天梯轧轧往来、闻着桐漆松木的香气，由这交通机关里慢慢体验僧一行和尚跟司徒一一的天工巧思，优哉游哉，也有趣味，但予上官星雨、李离这些还未养出闲情逸致的新人，乘鲲鹏高来高去，当然是最爽利的交通法门。

鲲两只精钢般的利爪停驻在暮云飞渡的摘星楼前，船帆一般的双翅一收，宇晴领着三位少年由背上跳下来，踏上台阶。摘星楼中已是灯火通明，数十盏乌柏油黄铜灯光影清清亮亮，十余把紫檀座椅之上高高危坐、谈笑晏晏的，正是白日考校过他们三人的万花诸贤。东方宇轩坐在堂上，静穆威严，哪里有一星半点当日戴面具扮黄梁村老黄的滑稽模样，左右分别是药圣孙思邈、工圣僧一行、书圣颜真卿、棋圣王积薪、画圣林白轩、琴圣苏雨鸾，连平素不太露面的乌有先生、子虚道人两位客卿也敬陪在末座上。宇晴笑着与众人打招呼："你们这里神佛菩萨一般坐着，着我去拘这三个孩子，已经带来了，你们仔细考问，别将人家孩子吓着。"说完坐到苏雨鸾旁边为她留出的座位上，只剩下袁安、上官星雨、李离三个家伙在门槛前面被灯火皇皇照亮的空地上，呆头呆脑地站着！

"一定是我写小纸条给那个宋歌生，将颜师父君子剑的剑诀告诉了他，我说'点如坠石，画如夏云，钩如屈金，戈如发弩，纵横有象，低昂有志'这二十四个字，得换他去落星湖抓二十四条小白鱼喂给小鲲吃，他答应了，我才写纸条给他的啊！各位师父在上，弟子我知道考试作弊不对，下次不敢了，可就是一张小纸条，你们不会让我重考一遍吧！就是重考，也不能拉上袁安与李离吧！早知道万花谷的考试规矩这么严，打死我也不敢传纸条啊！"上官星雨一向有错必认，坦白从宽，至于改不改，那个就得看她的心情了。

上官星雨一脸委屈，眼睛里楚楚可怜就要坠下泪来，倒是将颜真卿看得着了慌："小姑娘你莫哭莫哭 ，能将老夫这二十四字诀换来二十四条小白鱼，很好！更何况，这二十四个字换鱼之后，为师专门去落星湖看小白鱼，又悟出了'日光下澈，影布石上，佁然不动，俶尔远逝，往来翕忽，与游者乐’新二十四字君子剑，与你心有戚戚焉吧！”书圣四十出头的年纪，头发胡须半白半黑，身材高大，坐在椅子上都比别人高出半头，平素予弟子宽大慈爱，这一番手足无措的样子，让一边正襟危坐的诸圣忍俊不禁，宇晴、雨鸾掩着嘴笑出声来。

“你传颜师父的二十四字诀也就罢了，为什么又将‘骊山谱’画给曲风，这小子的棋力最近本来就退步了，你还帮着他偷懒！”在袁安等入谷之前，曲风是棋圣最得意的弟子，谷中的访客来寻王积薪下棋的，多半都是他对付去了。欲访棋王，先奏曲风。曲风如虎，积薪如狼。这都是江湖上的弈道传说了。其时积薪年过三十，纱帽白衣，身形精干，说话中气十足，平日不苟言笑，接着颜真卿责问上官星雨，辞色又比书圣要严峻很多。

“我……我不该用谱中的一粒棋子去换曲师父由湖里采来的一百颗莲子。”上官星雨嗫嚅着，那边宇晴已将她的话接过去：“这几天正是采新莲子的时候，星雨你得将曲风采的莲子分一半给我。”星雨只得乖乖地点头：“好吧。”

还没完。那边林白轩也有账跟这小姑娘算：“你由为师一百张画里，认出加入的吴太师父的真迹也就罢了，女孩儿学画画、弹琴本来就有天分，可是为什么袁安与李离也一认一个准呢？我刚才晚饭时百思不得其解，与你雨鸾师父参详了半天，也没想明白！”

“林师父您看自己的画总不如看吴太师父的画多，您行走宫廷时，得过不少御用的鸡舌香，您看画时将身上的香气染在画上，一闻就闻出来了！”上官星雨低着头，摆弄着衣角，这么儒雅英俊的中年大叔，雨鸾师父是修了多少辈子才跟他结成夫妻的呀，当然，人家雨鸾师父也是沉鱼落雁、花容月貌，当年七秀坊七秀之一，配他这个由金水镇来的穷小子，也是绰绰有余的。这小妮子心里腹诽八卦，却让林白轩一张俊脸慢慢烧红了，唉，这鸡舌香，还是都送给雨鸾的好！他偷偷去看苏雨鸾，苏雨鸾却没注意到心上人的红脸，只顾着自己憋下笑脸，正容问星雨："唉你这小妮子聪明也是没法子，上官婉儿前辈家的子弟，能不聪明吗，只是你又是如何听得出为师我弹的《平湖秋月》，就一定是九月初九的新月？"上官星雨抬头，新月般的脸上都是笑："因为林师父常常在课上讲，当年他在河洛道上遇到师娘，是九月初九，他请孙师父配药涂脸，带着师娘您入宫赴皇帝的梨园宴，也是九月初九日啊！"那还是林白轩在宫里行走的时候，李隆基看了雨鸾的画像，一定要林白轩携雨鸾到宫里赴宴。那时候皇帝已经沉湎于酒色，想听雨鸾弹琴是假，多半是想看她倾城倾国的容色。得亏其时东方宇轩客居长安，与林白轩夫妇交往频密，连夜计议，觉得最妥当的还是运用孙思邈老神仙的易容方。当夜林白轩苏雨鸾等候在东方宇轩常住的悦来酒家，东方宇轩则披星戴月连夜赶回万花谷。一路由关中的平原过潼关，经风陵渡，又步入秦岭群山，头顶星空历历、新月如弯，他运起花间游内力，提纵起伏，跋山涉水，如飞电跳丸、云霄轻羽，将三十余年来的修为全部激发出来，觉得踏步山川河流迎送，上纵又有星月冥冥中的助力，茫茫大块，万物流转，批郤导窾，皆与身形激发，竟是十数年来轻功大成的一夜，三更里赶回谷中，催请孙思邈老神仙起床配了药粉，团成一丸丹药，又召唤大鹏鲲载自己重返长安，长安城里，也只是雄鸡一唱天下白，东市的商家才刚刚抹着惺忪睡眼，卸下门板开门做清早的生意呢。什么药？老神仙将之称为“归妹丹”，是由《淮南子》里取来的典故，人说那嫦娥吃下西王母的不死药，飞向月宫，“翩翩归妹，化为蟾蜍”，哪里是成了什么仙女哟。那日雨鸾赴宴前，洗尽铅华将归妹丹破碎，辗成药粉，对着铜镜，一点一点描在脸颊与眉眼间，药粉风干收缩，将雨鸾一张春花一般明媚的脸，顿时扯得眼歪嘴斜，她一下子就由风华绝代的少妇变身为萎黄臃肿的妇人。向晚去宫里赴宴，皇帝满心欢喜迎出来，看到名满天下的美人已经衰老如斯，周身也不是少妇淡雅的兰香，而是隐约透出秋冬林木中的腐败气味，一时兴味索然，举箸难食，又命雨鸾弹琴唱曲。雨鸾叮咚奏琴，吟唱当日流行坊中的《洛阳女儿行》，嗓音固然是如黄莺在谷、乳燕啼林，婉转好听，但由一名“老妇”唱出来，更见荒唐无聊。好在李隆基自命风流，涵养不错，硬着头皮听完，也叫了几声好，才带着他一身的鸡皮疙瘩走掉了。林白轩佩服老神仙“归妹丹”奇效的同时，自己都觉得这一日母夜叉好生怕人。这虽然是万花谷中的一件快事，但也不合适讲给弟子们听吧！这一下，林白轩的脸是红得要滴出血来，他旁边孙思邈老神仙、乌有先生、子虚道人等老头子哈哈大笑，笑声将摘星楼梁宇上的积灰都要簌簌地震动下来了。

原来这一天，正是万花谷一年一度的“万花七试”大比之日。陶潜诗曰：“孟夏草木长，绕屋树扶疏。众鸟欣有托，吾亦爱吾庐。”万花谷既是大唐哄传的桃花源，谷中诸贤多半是渊明先生心传的徒子徒孙，特别在每年夏天挑选胜日，谷主东方宇轩主持，命万花七圣分别在各处设案，以“琴棋书画，医茶机关”七项，分别考查谷中少年。由万花因隧道接引入谷，或由其他江湖中万花弟子引荐的新人，入谷之后，自愿到万花七圣门下学习，但只有经过“七试”之后，才可得到“万花弟子”的正式身份，之后可入正意、尚贤、归德、执礼各部学习，凭特长与兴趣，随侍诸师学艺；也可申请出谷，以万花弟子的身份去江湖历练，一边行医，一边行侠。只是这桃源胜地难得，两三百名游侠异士经历了世间的诸多风尘，好不容易寻觅到此地，纵情山水，自在逍遥，游于艺，志于道，真正重返俗世厮混的人并不多。所以对袁安、上官星雨、李离等新人来讲，万花七试事关去留，重要性不言而喻。三个人入谷半年，日夜勤学，又得宇晴等精心指点，进阶之速，竟是不弱于之前紫晴、谷之岚等江湖成名弟子，一年未满，就由宇晴向东方宇轩举荐，命三人参加今年度的万花七试。东方宇轩年前处心积虑，决心重开万花因隧道，亲自扮“老黄”物色关中游侠儿，实有不得已，见三位少年果然不负众望，脱颖而出，心中宽慰，当即同意宇晴所请，暗地里却是又高兴又担心：年轻人来到万花谷学习武道，带来蓬勃朝气，只是万花谷开谷十余年后，诸般变化，阴阳转换，盛极必衰，人世的桃花源已到存亡断续之际，何去何从，真的要以少年的血来弥缝吗?

袁安、李离、上官星雨等三人早早起来，梳洗后，即踏着朝霞，在关关鸟啼中，来到仙迹岩一一拜访诸圣的码头。苏雨鸾在二十余级石阶之上的琴台抚琴相候，命三人由她春秋冬三季的琴曲里辨别物候，她又命袁安由《阳春白雪》、李离由《听松》、上官星雨由《平湖秋月》里，分别依律自创一段剑法，三位小友左劈右砍，一文一武，宫商角徵羽，也算有模有样。雨鸾还特别赞许李离，说他的听松剑里有隐隐龙吟，不妨具体而微，更进一步。拜别雨鸾师父，三人来到王积薪的棋室，上官星雨觉得这一关应好过，没承想棋圣他老人家不玩长生谱，也不玩媪妇谱，偏要三人一道与他对弈四象数独棋，这是他当年过昆仑山与痴和尚赌钱时所创，三人由青龙、白虎、朱雀、玄武里迷迷瞪瞪地挣脱出来，又与王积薪考较了一番他由长生谱里领悟出来的长生真气，总算是被他老人家重拿轻放，放出了棋室。书圣的二十四字君子剑，袁安练得最好，颇得其雄肆老媚的剑意；李离稍弱，难免名士做派；上官星雨剑诀记得牢，剑舞却纤弱支离，书圣苦笑道："我这剑法是君子剑，本来就不是给淑女学的，你学成这样，柔中用强，化松为竹，已经很好，去吧！"到了画圣林白轩这里，难倒是不难，就是花时间，三人由林师父领着，一张一张去看他由世间搜罗来的历代名画，由名画中挑出他的师父吴道子的大作，之后又由之前他课上常常演习的"画山""画水""画风"中，演绎掌法，这道题跟雨鸾的自创剑法好像，一定是他们夫妻在枕边商量好的吧！袁安拟风，创的一招掌法名叫"春风狂似虎"，李离依照"画水"走了一路"波澜掌"，上官星雨只好去想"画山"，苦思半天，也只比画出一招"看山不是山"。白轩说："星雨你这一掌，恐怕也只能拍死一只蚊子。"星雨心里想，鸡舌香师父，你这碧水滔天、水月无间，远水近山均老矣，不改眉眼盈盈的，我就是在学您老人家的那股子黏糊劲啊！

三

这是上午。下午的医茶机关三项，奇怪的是，三人只领到了两项考试。来到三星望月第二石针上的赏星居，孙老神仙还在午睡，他的大徒弟裴元替师父考较三人的点穴术。奇经八脉是万花谷的看家本领，去谷行医最是用得着，修习上乘武功，也是津渡，百花拂穴手，太素九针，点穴截脉，这些三人都下过苦功夫。只是裴师兄一边让他们点穴，一边又盘问去年长安城中种种情形，河坊街的豆腐是如何好吃，听月楼的羊肉是如何娇嫩，百花谷的名妓果真是来自万国的花魁？一会又将话题转移到甲人，我万花谷的机甲如何，他唐门的机甲又如何，不厌其烦，琐碎唠叨，其实是干扰了考生们的心神的。孙师父后来也被他吵醒了，爬起来揉着眼睛迷迷瞪瞪地坐了半天，将三个孩子召到榻前，徐徐问道："长生不老如何？"其时老神仙历经隋唐两朝六七世代十数君，已经一百六十余岁高龄，鹤发童颜，俨然当世神仙。上官星雨说："如果一定要变成一个弯着腰拄着杨杖上摘星居看月亮的老奶奶，我觉得死得稍微早一点也没有关系啊，但我还是希望能看到大唐战乱平息，洛阳城里牡丹重新开放的一天。"李离沉思片刻，回孙师父道："与我爱的人同生共死吧！"星雨自是听得心花怒放芳心可可。袁安说："朝闻道，夕死可矣！师父，生死并不重要，懂得生死才重要，长生不老无可无不可。"听得孙思邈双眼中精光一现，称许道："好一个无可无不可，你小子讲得有道理，那个司徒一一，就是造出长生不老的刑天又如何？我老孙，就是造出长生不老的仙丹又如何？你们去吧，我这老不死的一关已经过了，而且很好，我要向宇轩那个木头木脑的小子好好夸你们，袁安这名字可以，行医行侠都不错。上官星雨，唉，上官这个姓，太贵气。李离？李妮？女里女气的！"语气一转，又是他的口头禅："医之大道，需经年穷研，方望略有所得，而熟知草药习性，乃是医道之根基。所谓医者，当有父母之心，你们需用心多加钻研，将来行走江湖大有用处！"听得几个人耳朵里茧子乱钻。辞别孙老神仙，三人来落星湖畔见宇晴师父，宇晴已摆好浪穹诏的"漱玉茶"，落星湖里的清泉水，去年方乾老爷子看她时送她的一套邢窑雨过天青茶具。她是三位少年的老师，亲自将他们由山外接引入谷，平日里更是将他们当弟弟妹妹看，但她准备的题目可不含糊，要将茶具中的清水用内力煮丌，计算着第七次冲泡的茶水最苦，第十二次可以喝到舌尖回甘……之前好几个弟子都放弃掉了。好在三人跟随宇晴既久，这些也不在话下，袁安、李离经万花因隧道奇变，花间游内力不弱；星雨嘛，帮她煮沸几壶水也不算作弊吧。四人喝了一肚子茶水，宇晴还在唠叨："粗识，略懂，巧熟，精妙，游刃，忘我，武之道也是茶之道，漱玉茶是世上最苦的茶，好在苦尽甘来，虽然这甘甜来得晚了一些，却能绕舌三日，久久不散。学艺学医学武术，都是这样的，袁安，你这家伙走神了！"袁安自是想着七试的最后一试，机关之术，宇晴却说："今年的万花七试，第七机关之试安排在第二天，出来考试你们的师父，也由工圣僧一行老和尚换成了客卿司徒一一，你们喝完茶，就回去准备明天的最后一试吧！"

今年其他弟子运气并不好，也只余下他们三个来做第七试了，可为什么忽然改换到明天呢？太阳才刚刚偏西，离西北方向的终南诸峰尚远。三人百思不得其解，也只能辞别宇晴师父，回来小心准备。三人收了曲风送来的莲子，将宋歌生捞的白鱼去喂了小鲲，闷闷地吃晚饭，直到晚饭后被宇晴寻到，一路乘鲲来到这摘星楼上。

正是初夏的清夜，摘星楼中灯火堂皇。谷中乌桕既多，灯油也不值钱呐。东方宇轩召集七圣诸客卿，坐在这几张檀木椅上，郑重其事地议事，一年上头也没有几回。山外纵然是战鼓兴起，血海茫茫，能奈我谷中习艺修道人何？但这已经是东方宇轩去年的想法了，再高的山，再深的洞，千山万水，也无法将人与世界隔离开来，何况万花谷已经是一个小世界了，外面的大世界天翻地转，我们这几个人凭着一点痴念建立起来的小世界，又如何能波澜不兴呢？林白轩常念叨："常恨人心不如水，等闲平地起波澜。"外面的世界云垂海立的时候，我们这个小小的落星湖恐怕也会有煮沸的一天。唉，先不管这些十年之后的烦心事，应付眼下的急所吧，明天的司徒一一，明天的那个刑天，眼下的这三个孩子，这三个奇迹般穿过万花因，来到谷里学艺的少年。

几位老哥哥笑声甫歇，东方宇轩对座前三个少年讲："今年参加万花七试的学徒，新来的与去年前年未通过的，也有三四十名，今日通过琴棋书画医茶六试，一关一关筛选下来，刚好是你们三个。学艺习武，贵乎诚心诚意，心诚则灵。你们少年心性，心思机巧，忘乎所以，也在所难免，本谷主也是理解的，并不会与你们为难，以作弊论罚处你们。你们尽可放心去参加明日司徒一一主持的机关之试，过了第七试，你们就与裴元、紫晴等师兄师姐一样，是我万花谷的正式弟子。"东方宇轩语调沉缓，一边说，一边想起自已年轻的时候。是三十多年前了吧，自己随父亲方乾由侠客岛去蓬莱岛拜寿，方家的少年们嘲讽父亲，说他是败给剑圣的缩头乌龟，他出手与他们一一比试，是的，赢了。席间，他说也给爷爷带来了礼物，拿出长箫吹《海上明月曲》，好听。一边方碧玲以古琴相合，一男一女，知慕少艾，清绝的箫，缠绵的琴，乐莫乐兮新相知，蓬莱海岛仙乐生。可是等订下婚姻，父亲要他重返蓬莱成婚，他又知悔了，跑了。他何尝不曾“少年心性，心思机巧”，觉得天下的事、天下的人、天下的情，都当不得他一拳一剑，不在话下。诚心正意何其难，少年老成何其无趣，我又何必苛责这几个孩子。

东方宇轩心中的一段衷曲，七圣固然是不知，但大家的心思，也是宽慰的，来万花谷修身向道，固然可喜，修道的同时，聚天下英才少年而教育之，也是人生的至乐。一时大家点头含笑，将慈爱赞许的目光投向袁安、李离、上官星雨，好像目光里都要沁出蜜来，将三人梅子一般渍在其中。上官星雨悄悄地吐着舌头，袁安、李离也是松了一口气。只是，劳驾十位师父，冲暑犯露，晚上来到高高的摘星楼上，点灯费油，难道就是要通知我们三个白天的调皮捣蛋，并非是作弊，现在可以回去安心睡觉了吗？

东方宇轩接着讲：“我又与几位师父商议，觉得白天的六试，游于艺，轻于武，特别是未能考较出你们对阵法的修习。我们总归是饭后无事，趁着这月明星稀，摆一个七绝逍遥阵，来对一对你们的天地人三才阵如何？无论你们能不能冲出七绝阵，都没有关系，就当替我们这些老家伙松一松筋骨如何？”他话音一落，其他九人跟着纷纷点头，那架势，就是日之夕矣，牛羊下来，劳作一天的大人，要孩子来敲背的敲背，按腿的按腿……

说什么不会与我们为难……

说什么饭后无事……

图穷匕首见……

人家是七大姑八大姨介绍入谷，光明正大地进来，我们偏要走那由一行师父跟司徒先生鼓捣的鬼神莫测的万花因。吴耕你在聋哑村还好吗？

人家是一天里万花七试都考完，我们偏要分成两天，第二天的主考官，还换成了一脸阴沉的司徒一一，考场还设在那鬼气森森的水月宫。

人家是万花七试，我们偏偏是万花八试——琴棋书画，医茶机关，加试阵法。

偏心眼的师父们，破关就破关，闯阵就闯阵。

饭后一百手，活到九十九。

来，我们也松松筋骨。

四

东方宇轩走在最后，站在摘星楼的门槛外朝身后挥掌，一招“清风垂露”，一股真气如同游龙，周游四壁，灭掉楼内数十盏灯，又激荡回来关上了两扇大门。峰顶灯光熄灭，天上灿灿群星千亿，滚滚银河中的星浪，由南向北，贯穿天际，星光下注，将摘星楼前的平地照得纤毫毕现，摘星楼三星望月以下，群山围绕的万花谷，亭台楼阁，静水深流，花草树木，夜气中平常如昔，乱世中如同一朵睡莲，莫不是我们此刻，就站在它的莲心上？

摘星楼外的空地，方圆数二十余丈，平坦如砥。其时药圣孙思邈、书圣颜真卿、画圣林白轩、琴圣苏雨鸾、棋圣王积薪、乌有先生、子虚道人七位良师益友已按北斗七星的星位立在场地中央，孙思邈在中央占天权位，天枢颜真卿、天璇林白轩、天玑苏雨鸾，为斗魁；玉衡王积薪、开阳乌有先生、摇光子虚道人，是为斗柄。颜真卿持笔，苏雨鸾抱琴，其余皆凝神空掌，平心静气，起手如仪，静候一边已站成一线的袁安、上官星雨、李离三人。三人赤手空拳，袁安在前，据天位；上官星雨在中，据地位；李离断后，据人位，天地人，是为三才。

东方宇轩与工圣僧一行、花圣宇晴在一边掠阵。西南风由星际吹来，清凉入骨，鼓荡衣领，将众人的襟袖吹得呼呼作响，天权位中的孙思邈，更是白发离离，须发皆张，一派宗师气度。难为老神仙了，东方宇轩心里想，他本来想请裴元来替下师父，可孙思邈不同意，他说这样劳神费力的事，还是由他自己来，他用八卦图，既已推算出了万花谷与江湖之中即将来临的大难，就要为弭平天灾与人祸出一分心力。十几年了，我们先后来到这片谷地，切磋砥砺，数寒暑，共患难，虽然平日信念不一，艺业不同，彼此谈话交往也寥寥可数，但心里却是有默契在的。一分同生在天地之间的手足之情，温温热热，平日倒也觉察不出，说起来，也像这北斗七星吧，散居在各自的一块小天地，但是在浩瀚的天河中，它们是一起的，它们的转动，带来了天地的变化。再看那三个孩子，袁安由长安城里的泥巷里长出来，出污泥而未染；李离、上官星雨来自清贵世家，秀外慧中，骨格清标，但愿他们是上天给万花谷送来的礼物吧。桃花源能历经数百年，薪火相传，黄发垂髫，老少更替，万花谷呢？我们这些老家伙离去后，这些楼台庭院会关停倾圮，草木走兽繁盛，又回到当年，我刚来谷地时的一派荒寂自然吗？东方宇轩心中感慨，眼睛发潮，觉得自己不惑之年，犹自太爱动情，不免暗中自抑，一边侧目去看僧一行与宇晴，两人神情肃穆中有几分紧张，已全神贯注，盯住了已经发动的七绝逍遥阵与天地才三人阵！

“在天为星辰，在地为河岳，幽则为鬼神，明则复为人！”袁安朗吟阵诀，领着李离与上官星雨，三人六拳，如林中响箭，如翩翩惊鸿，已冲入七绝阵中。三才天地人，星辰是精，河岳藏气，鬼神出神，精气神是为三宝，天地三才阵为天策军师朱剑秋弟子商仲永所创，立在北邙山中，难倒无数大唐英雄豪杰。东方宇轩精研此阵阵法，与侠客岛若归阵互相参详，将偌大的军阵改成三人协作的进攻阵法，前面一人用万花秘笈《武经》中的拳法，中间一个用掌法，后面一个用腿法，三人一体，共同进退，克柔攻坚，遂有无穷的妙用。东方宇轩见三人落落大方，毫无惧意，袁安矮身冲拳如风，上官星雨长身挥掌如雨，李离左右出腿快如闪电，就知道他们过去半年的修习出过汗流过血，能闯过六试绝非侥幸，心下快慰，右手不自觉地就捋上了黑漆漆的长须。

“北冥有鱼，其名为鲲，鲲之大，不知其几千里也。化而为鸟，其名为鹏。鹏之背，不知其几千里也。怒而飞，其翼若垂天之云。”这边孙老神仙领众人低诵《逍遥游》，已发动了七绝阵法。北斗为帝车之象，是为辕轩，车，转也，游也，变而为鲲鹏，天枢为首，天璇承之，天玑变换，天权取舍，玉衡犹疑，开阳振作，摇光波动，一时五人掌力齐吐，颜真卿挥笔，苏雨鸾奏琴阴阳变化，十二条内力深浅方向各有不同，惊涛深流，形成漩涡，将三个少年席卷而入。袁安、上官星雨、李离只觉得好像是渭河边的杨柳，忽然被狂风吹打，又连根拔起，投入滔天洪水中，载浮载沉，涌入春凌如雷的黄河，在一个连着一个的漩涡中，身不由己，眼看就要堕入河底，卷入灭顶之灾。上官星雨收起双掌，一手牵着袁安，一手牵着李离，袁安作头，李离作尾，三人连成一体，心力贯通，寻找着师父们内力交会的边沿，如同一条黄河鲤鱼一般，在巨浪中昏头昏脑地回旋。在这样的激流里，能撑多久呢？一炷香，半个时辰，师父们会手下留情吗？怎么感觉他们一个个板着面孔，好像要与我们秋后算账似的，上官星雨一边跟着两位同伴，跌跌撞撞地勉强踏着禹步，一边发动上官家聪明的小脑袋胡思乱想。

这七绝逍遥阵由侠客岛北斗七星阵变动而来，方乾在侠客岛穷海之边，夜参北斗，由星辰运转之中，悟出内力变化，得七七四十九变，可由七人、十四人、二十一人，一百四十七人，直至七百人形成大中小北斗七星阵，以门客家丁席卷来攻侠客岛的敌人，实是侠客岛第一防守奇阵。东方宇轩为防护万花谷，在觅星殿边推想此阵，除了阵形依星斗转移得出四十九变，星位上的人，因内力运用的不同，也可变换，进而推出三百余种变化，由天权位主持发动，卷入来敌。来敌被制之后，阵中激荡的三百余种内力，或如巨龙，或如游丝，利钝不一，有质无形，可进入其奇经八脉，分分合合，因势利导，或令来敌经脉逆行、神昏智乱，进而走火入魔，耗尽内力而亡，堕入死门，皆存乎天权位主持者一念之间了。宇晴精通阵法，又挂念三人，在一边看得心惊胆战，手心里捏着汗，催着东方宇轩：“宇轩大哥，你快去替下孙老神仙，他快一百六十多岁的人了，一时糊涂，拿捏不住，这三个家伙就完蛋了！”东方宇轩不动声色：“黄河之中的鲤鱼得靠自己跳过龙门，上面没神仙拉它们，下面也没神仙推它们。神仙都袖着手站在岸上看，急也没用。”工圣僧一行在一边听得连连点头，心里却还想：“谷主这个也不一定，等老衲这一次打败了司徒一一，得空就去龙门之下装一个机关，以后鲤鱼来了，借助这个机关，每一条鲤鱼都可跳得更高，妥妥跃过龙门，黄河之中，岂非也会多一些龙子龙孙？”

“且夫水之积也不厚，则其负大舟也无力。覆杯水于坳堂之上，则芥为之舟。置杯焉则胶，水浅而舟大也。风之积也不厚，则其负大翼也无力。故九万里则风斯在下矣，而后乃今培风。”孙思邈双掌一转，须发开张，在阵中长吟，颜真卿长笔横扫，林白轩铁钩银划，苏雨鸾琴声变徵，王积薪掌力急吐，乌有先生与子虚道人左摇右摆，一时七绝阵内，急风飘雨，杀伐阵阵。

袁安只觉得师父们的内力变急变锐，好像钓钩一般，将他与上官星雨、李离好容易会齐的内力扯住，堪堪即将冲破经脉狂泄而出，他领头，带着三人跳跃躲闪，又全无作用，十万火急之中，听到李离在后面高喊：“鲲！”心中即如电光石火一般，原来师父们内力何等深厚，变化何等繁复，可以作水，作云、作天、作地、有吞夺星辰、运转宇宙之力，遂成此逍遥大阵。我们来入此阵，是一粒芥子？一杯水？一条船？蜩与鸠？我们是鲲啊！顺着水，顺着云，顺着地，顺着天，顺着星辰与宇宙的力量，“而后乃今将图南”。他心思一转，上官星雨与李离合力跟随，三人心意相通，莹莹彻彻，再无犹豫，将合成的内力，加入到七绝阵中，或迎或拒，或分或合，或入其间，或批其郤，或导其窾，以无形入有间，一时自由自在，溶溶泄泄，豁然开朗。既得自由，袁安即领悟到三百余种变化，无非是四十九种；四十九种变化，无非就是七种；七种变化，可归于一，一在天权，孙老神仙那里就是阵眼所在了。他们三人经过万花因隧道的领悟，花间游内力已自不凡，合成一体，并不比七圣中任意一位差，顺势而为之后，真伪已是莫辨。袁安心中一动，粘引其他六股内力，忽然转折，冲向天权之位，与孙老神仙导引的其他六股内力迎面撞去！

“好小子！好一招‘浮花浪蕊、兰摧玉折’，老夫打了一辈子的鹰，差一点就被你们三个娃娃啄到了。”孙老神仙一边沉腰出掌，野马分鬃，左掌六，右掌七，引导阵中内力阴阳转圜，饶是如此，两股大力碰撞，如惊涛拍岸，千堆雪积，轰然作响，他承受其重，胸口一滞，一口热血涌出来，淋淋溅到须发上。

阵中十人摇摇晃晃，余力所及，如惊涛拍岸，观战的三人后退十余步，才稳住身形。宇晴将“好”字强行咽了下去，伤到孙老神仙可不是闹着玩的，万花谷的长寿纪录，我大唐的长寿纪录，得多少年才能重新创造出来。倒是僧一行脱口称赞：“三条小鲤鱼，在浑水里摸来摸去，知道跳龙门了！”东方宇轩喝道：“袁安、李离、上官星雨，你们几个仔细些，不得行蛮莽撞，孙老爷子你上来歇歇，小弟替你来教训这三个不知天高地厚的弟子！”

孙思邈哈哈一笑：“老血不去，新血不生，没事！这三个娃娃头有点意思，老头子我再领着几位小兄小妹，陪他们玩玩，谷主你留好气力，去对付方乾那难缠的老小子。”一边抹去嘴边的血沫，长吟道：“若夫乘天地之正，而御六气之辩，以游无穷者，彼且恶乎待哉！变阵！”他一声断喝，其余六人重新步天踏斗，各归其位，内力一转，阵势甫变！

原来，东方宇轩将北斗七星阵演绎成七绝逍遥阵之后，请七圣上摘星楼参详指点。七圣历练江湖既久，已各有惊人艺业与武功，遂进一步发挥七绝逍遥阵，以侠客岛北斗七星阵为本，以南华真人《逍遥游》为神，依据东方宇轩悟出的奇变，又求索琴棋书画医卜星相七重境界，合七圣的内力修为，一重一重演绎，化奇艺为绝境，遂成万花第一深奥武学。当年逍遥阵初成，七圣手舞足蹈，欢欣鼓舞，在摘星楼前纵声长啸。万花谷空谷回音，上达星辰，明月照山河，繁星空宇宙，好像都为人间传来的悠长龙吟失神了一瞬。

琴境中，苏雨鸾抚琴作《龙翔操》，其余六圣依律，吞吐内力作宫商角徵羽，乐声之变，牵动内力转变。棋境中，王积薪将不同的名局棋谱化生其中，七圣各依棋谱发内力为手印，长冲打靠，劫争横生，年初媪妇谱的破解，更令变局神乎其神。书境中，颜真卿化历代名帖，将横竖钩点分解予诸圣，或中锋行笔，或侧锋疾扫，以掌为笔，隶楷行草，转换生风。画境中，林白轩将山水树木、走兽禽鸟之态化入画笔，或浓妆艳抹，或淡泊有致，或工笔以描绘，或飞白以省略，掌力皆生画意。孙老神仙精研药性与脉理，其中隐含的五行生克变化，都是武道。子虚道人精通道学，卜筮之术不在话下，当年他以《周易》卦象易理出发，发明“烛花掌”名动江湖，此番更是将易理移入逍遥阵中，阵法转入卜境时，诸圣各领一爻，演变易经六十四卦，深不可测。逍遥阵星境由乌有先生发动，乌有先生与工圣僧一行不谋而合，两人认为人即宇宙、宇宙即人，人体穴位与运行，与日月星辰之运行大同小异，因此也得出种种内力凝聚散发的办法。孙思邈断喝变阵，诸圣次递发动诸境，演化诸艺，或断或续，或行或止，宇宙无穷，人生无穷，艺术无穷，一时人间诸色，纷陈流转，以招式与内力演化出来，其宏伟精妙，直令人心旷神怡，乐生乐死。

以三才阵出战的袁安、上官星雨、李离三人，也在阵中迎来了七绝逍遥阵的第三变。三人既顺势而为，已经明白今夜七圣并非是以阵杀人，而是布阵调教佳子弟，如果发动杀阵，转动死门，以七圣之能，三人早已魂飞魄散，死去不知多少回了。阵转生门，比如北斗斗柄指向东南，春生夏长，袁李上官三人，浑然一体，尽善尽美于琴，舍死忘死于棋，大野龙神于书，绘声绘色于画，金木水火于医，前尘后事于卜，天地玄黄于星，经络舒张，内力滋养，招式自然而然，层出不穷，隐隐然已可将半年来诸圣学艺处所学的艺境武学打通成一片，心头的震惊与喜悦自不待言。原来师父们设阵，并非是要教训我们，而是别有深意，这些精微功夫演练下来，自己长进固然是一日千里，而师父们也要耗费不少心力吧。

逍遥七绝阵自开创以来，生死二门，三重变化，至此才被诸圣淋漓尽致地演绎出来。东方宇轩看得心潮澎湃，感慨万千，武学之道固然是罔有其极，神妙如斯，也算是有一点小成吧，不知道父亲方乾、未婚妻方碧玲，他们看到会做何感想，他们会理解我此生的个中痴念吗？“宇宙浩瀚，北斗七星，人力何微，亦可生生。大唐有万花谷，万花谷有逍遥阵，皆作如是观。”僧一行怅然出神，喃喃自语。宇晴擦着脸上喜悦的泪水，对东方宇轩讲：“所谓聚如明月、散若花树，宇晴我也要用此阵的阵法，去种万花谷的树，以后弟子们在三星望月俯视万花谷，也可由园林得窥万花武学‘生生不息’的大概。”

东方宇轩问僧一行道：“如果我们以此阵围困司徒一一所造木人刑天，可有胜算？”

僧一行望着阵中风驰电掣般来去的十个人，沉思良久，只是长长地叹了一口气。

宇晴被阵法鼓舞，转头微笑着对东方宇轩说：“宇轩大哥别担心，一行大师也别叹气。刑天虽然厉害，但这三个家伙长进也很快，他们由七绝逍遥阵里走出来，会达到新的境界。人定胜天，挽狂澜于既倒，我是相信他们几个的。”

东方宇轩点点头，捻摸着三缕黑漆漆的长须，向阵中望去。

阵主孙思邈老神仙玄色葛衣，须发如雪，雪中点点血染胭脂色，神情却是怡然自乐，喜乐安详，一代宗师如鹤舞凤翔，指挥诸圣，阵势又是一变。原来他见三个少年因势利导，经脉舒张，历经七境变换，身体如同丹炉，已隐隐现出结丹之象。“先贤明露丹台旨，几度灵乌宿桂柯”，人生在世，习艺学武，能得名师调教，已经是万中无一，机缘巧合；水火既济，能阴阳调和，得结丹之缘，更是难上加难，所谓“几度灵乌宿桂柯”，今夜星月在天，草木如梦，我们这几个老家伙，就成全这三个孩子吧！想到这里，孙思邈一声清啸，指示颜林苏王等人，扭转七绝逍遥阵，一变为万花谷第二奇阵——落星惊鸿阵！

与武学巅峰的七绝逍遥阵不同，落星惊鸿阵更兼医术之能，诸圣将离经易道中诸秘籍《春泥》《星楼》《局针》《提针》《长针》《彼针》等所载武学一一发挥，妙入毫巅，可聚气吐纳，传功渡气，通过“长针”将花间游内力传递给阵中三名少年，令其外修筋骨，内研脉络，进境比万花因隧道花间自悟又不可同日而语。一时阵中真气茫茫，似有盘古开天辟地、女娲抟土造人，混混沌沌又生生不息，三位少年遇此奇变，心意坚定，托性命于恩师，早已将生死置之度外。

天上繁星历历，星光在宇宙中旅行千百亿年，将能量汇聚在一起，又分散开来，分分合合之间，无数的时空生生灭灭，连光都逃不出的宇宙，它的边界在哪里？由星空往下，在茫茫寰宇中，大唐像一片树叶？长安像树叶之中的一个斑点？万花谷？针尖一般的美梦。现在夜露下降，凝结在万花谷的草木之上，滋养生息，任其枯荣成败。由三星望月到云锦台，由一间小刹到仙迹岩，由揽星潭到天工坊，由水月宫到千机阁，由聋哑村到更远的绝情谷，桃源的灯火一盏一盏地灭掉。再平常不过的夏天的夜晚，习习凉风，吹起夏虫鸣、草木香，催发人世好梦。

东方宇轩忍住热泪，他决心已下，无论如何，都要看守这个桃源，这个我们用青春与热血，用心力与智慧，用艺业与武道，用过去近二十年的光阴筑成的梦乡。这梦乡不属于皇帝，也不属于江湖，也不属于我们几个人，更不属于木人与机关。

这个针尖一般的梦令大唐有意义。

大唐令这个世界有意义。

第四章 裟椤记

一

“蚊子果然不再咬我了。”上官星雨坐在小鲲的背上，幽幽地说。不仅是三星望月的麻脚杆蚊子在她的小腿前三寸开外即如鬼打墙般知难而退，就是鲲来摘星楼前接他们的时候，星雨抓着鲲的翎羽跳到它背上，都下手太重，差一点将羽毛揪下来。往常不是这样的，爬上鲲的背，总要手脚并用，花很多力气，一众男弟子都在旁边看，一脸嘲弄的神情，所以穿长裤是必需的啊。鲲疼得直闭眼，慌忙将年前吃下去的星雨家的玉玦吐出来，想还给这神功初成的神奇女侠。星雨觉得不好意思，推了半天，宇晴师父回过头来说：“它还你，你就收下，这家伙吃下去的存在肚子里的玉多着呢！它明年学会下蛋了，每个蛋里都会有一块玉的，它作为鸟的一辈子，目标可能就是要让每一个孩子衔玉而生。”星雨微红着脸，将沾满鲲口水的玉玦重新挂到脖子上，一边觉得，丹田里暖洋洋的，一派四月逍遥林、晴昼海的春光，花间游的第八重内力——少明指，果然是不同凡响。本来以为是考试作弊，晚饭后前来闭着眼睛受罚，请师父用戒尺打手心，捏着火辣辣的疼回去睡，不承想，好心的师父们挑灯夜战，大伤元气，将他们几个人的内力，径直由三五的等级一下子通过“长针”，提升到了八级，人家普通弟子十几年的苦苦修为，他们三个，由万花因到今夜的七绝、落星阵，两晚上就达到了。来得早未必好，速成的不牢靠，戒慎乎其所不睹，恐惧乎其所不闻，要是祖姑婆在的话，她一定会提醒我们吧。这是另外一个跟李离同生共死的夜晚，他就在我的身后，鼻中的气息喷在我的脖颈上，他的内息悠长深厚，练得像落星湖中的老龙龟似的，也长进了不少。我们就这样误打误撞来到了万花谷，又误打误撞成了“高手”，明天误打误撞打败“刑天”试试？

之前孙思邈领诸圣以武学、医学两阵，为三人易筋煅骨，已奏全功。袁安、李离、上官星雨三人固然是得窥堂奥、生龙活虎，诸圣却颇耗真元，累得够呛。孙老神仙步履踉跄，精神却还健旺，尤喜袁安，赞叹好一个实诚孩子，拉着他的手讲解不停。东方宇轩命宇晴召来鲲鹏，将孙思邈等人送去歇息，等小鲲回返，又命宇晴带三人乘鹏回弘道部宿舍，准备明日机关之试。东方宇轩运筹半夜，等众人散去，才拔身而起，扶摇直上，凌空飞渡到近旁另一山针上的觅星殿，犹豫半晌，星月光里徘徊来去，最后也并未进殿，而是叹息一声，沿着曲折山路流电跳丸一般，往后山绝情谷跃去。今夕何夕，往昔良人。如果没有出错的话，父亲方乾，现在也已吃过晚饭，在小荷塘中的凉亭，一边听着大鱼泼刺跳水，一边与方碧玲在讲话吧。

那八十一道机关，没有什么了不起，对他而言，更是不在话下了。

鲲默默载着四人在万花谷上盘桓，鲲知道宇晴师父有事向三人交代，乖乖地放慢了扇动翅膀的频次。

“我有一个好消息，也有一个坏消息跟你们讲。”宇晴回过头来，对上官星雨、李离、袁安讲，三个少年喜气扬扬，脸上兴奋的腮红犹未退去。“你们是先听好消息，还是先听坏消息？”浪穹诏公主二十岁的年纪，谈吐间还是十四五岁初入江湖时的少女口吻。

“今天过了六个考试，晚上又被师父们赏了一身的赶蚊子内功，好事太多，让我觉得大事不妙，宇晴师父姐姐你先讲坏消息给我们提提神吧！”上官星雨搂着宇晴的腰，亲热地叫着师父姐姐，其实很多时候，星雨都觉得，这个师父更像她妹妹，像云锦台的晨露，像绝情谷的白雪，像晴昼海的海棠，一不小心就会被风吹化、吹走，星雨不知道该怎么样去喜欢她才好。

“明天司徒一一的机关之试会很难。你们心里要有准备。”

“嗯，这个我们知道，一定是千难万难的事，谷主筹划已久，不然怎么会劳动十位师父，星夜来给我们开小灶。七绝阵教我们领会武道也就罢了，落星阵长针传功的人情，就太大了……”

“你们打不过刑天，就赶紧跑。它可不是师父们，懂分寸，知进退，心疼徒弟，会让着你们，会用长针帮你们。有人讲，它也许已经有了摄取生魂的能力，上月工圣的弟子李云，去水月宫查勘，据说就是命丧在它手里，司徒一一说他是自己不小心，触发机关，蹈入死地。具体情形，我们还不得而知。”宇晴慢慢地说，“你们过不了第七试，也没有什么关系，在师父我的心里，你们早就是万花的好弟子了。”

是的，没有谁比宇晴小师父更疼我们的了。

“你们的司徒一一师父，出身于天下闻名的机关世家，他的父亲司徒经南二十年前，为唐门大总管唐怀智所邀，去唐门做客一年后病逝，被唐门装殓进棺材送回家，他的母亲宋思随即也撒手尘寰。父母去世后，司徒一一在家里闭关十余年，独自研习祖传技艺，研艺其父在唐门匆匆录下的笔记，技成之后，挑战天下名匠偃师，从无败绩。五年前，他听说工圣僧一行带着一个名叫慧木的小和尚，由嵩山少林寺移居万花谷，在万花谷主持揽星潭，建立天工坊，也由蜀中来到了我们这里。有人说他是想挑战一行师父，立自己为工圣匠神，也有人说他是想与工圣切磋，待技艺大成，再去挑战蜀中唐门。江湖传言，其父司徒经南在唐门死得不明不白，可能是因不肯交出司徒家的机甲术，与唐怀智争执，身中暗毒身亡。”

其时天下机关术方兴未艾，各种机关、机甲、木人层出不穷，有人以为是盛世之瑞，又有人认为是乱世之兆，议论纷纷，莫衷一是。唐门机关、司徒机甲、万花天工，三术天下知名。唐门唐怀智与于睿、叶芷青并称“天下三智”，心计深沉，谋略过人，少年时为心爱的女子所骗，之后绝情女色，全心全意钻研发挥唐门机关之术，唐门千年相传的奇门遁甲、精妙机关、独门暗器，无一不精。唐家堡得机关设定、木人守卫、机关鸢巡视、暗器埋伏，因此也固若金汤，天下游侠名贼望而生畏。据说唐怀智研发的木人，已能得忍术移形之妙，喉间亦有对答的机关，可以与人通话。司徒经南生前一度与唐怀智交往密切，最后也为唐怀智所害死于非命，实则司徒经南机关术已胜唐怀智一筹，令唐怀智妒忌如狂。司徒经南隐逸既久，所造木人种田耕地、织布浣衣、水利机械，无所不能，识得他的人都赞他是诸葛再世。但他觉得机关是用来活人，不是用来杀人的，对唐怀智种种武装有飞镖、弩箭、火药的木人不屑一顾，在天坑城里，他常常皱着眉头对人讲："唐门出杀手，连木人都有杀手气味，一身是毒，这是一条不归路。木人首先要像个人，天下木人，还是万花第一。"万花天工术传自东海蓬莱岛，后又得工圣僧一行加入主持，僧一行天性烂漫，自小酷爱木匠、铁匠、火药等诸匠作，机括之能天下无双，入万花谷所修机关之精妙、机甲之精密，都令人叹为观止。他制作的木人，也天真烂漫，一派生机，不以杀人为念，也不以做事为能，仿佛在万花谷追鸟赶蝶、吟诗作赋才是它们的正经出路。司徒一一葬父入万花谷，向工圣僧一行请教，实已得三家之长，他会研发出怎样的木人呢？是唐怀智的"杀手"，是其父的"偃师"，还是工圣的"玩偶"？如果兼备三人的移形换影之妙、经天纬地之能、机括机甲之变、火药弹丸之力，这大唐木人自是冠绝古今、雄视天下，由木人一变为真人，怕是指日可待。而木人成军，征战天下，一般的军队，也绝非其对手，所以各地节度使，或明或暗，也在参与木人与机甲的研发。

宇晴讲述着司徒一一的往事，这些是袁安他们没有听说过的。李离迷机关术法，常去揽星潭，去找冉间选师兄请教，有时候会注意到在炉火边沉默地持锤锻造的司徒一一，他面目黧黑、身材矮小，一声不吭。炉火明亮地燃烧着，将热铁化成汁水，映在他深不可测的眼睛里，好像也燃着两点铁火。冉师兄讲，天工坊在揽星潭背后，是司徒师父研制机甲木人的所在，想去看的话，必得师父允诺才行，李离好多次鼓起勇气，想请司徒一一带他去天工坊见习，看到他眼中的两点赤火，就将话吞回了肚子里。一个人，怎么会有这样的恨埋在心里呢？除了渗进眼眶的铁汁，他难道每一餐饭都在吃腌制的晴狼眼珠，才让自己变得如此凶悍？上官星雨也常向李离埋怨，说万花谷的老师们都是那么温柔敦厚，本领越高脾气越好，就这个司徒老师，好像要给谷里的每一个人打一双铁小鞋似的。可见每一个地方，除了慈眉善目的菩萨罗汉，也总会跳出一两个鼓眼睛的将军。袁安听到，心里却想，司徒老师父母双亡，他这样勤奋令人敬畏，时时不忘为父亲报仇也是好，我将母亲一个人留在危城里，连父亲是谁都不知道，比起司徒先生，能好到哪里去？

“他来到谷里时，我与其他几位师父都不太赞成，是宇轩大哥力排众议，他说司徒一一虽然争强好胜，心思深沉，但的确是痴迷机关铸造之术，以生命成器铸铁，技进乎道，有一天他领悟到了机关之道，也会明白为人处世之道的。树是长出来的，人是修出来的嘛。一行师父听了，也转变了态度，表示同意，他木工出身，亭台楼阁的建造不在话下，虽将密宗中的胎藏和金刚之术付诸木人，也只是制器而已。但司徒一一是由铸造入行的，万花谷由无到有，由一派自然里天工开物，需要司徒一一这样的能工巧匠。唉，你们一行师父多老实啊，当年在皇宫里，受尽武曌皇帝欺辱，宁愿去做和尚，也不愿招惹那些贵人，司徒一一来了，他就赶紧由揽星潭搬回一间小刹，还将自己的床榻与桌椅让给司徒一一。要知道，那些椅子，平时我们坐一坐，他都会心疼好半天的啊。话说回来，司徒一一入谷之后，谷里的房子的确盖得更快了，修得更高了，样式也更好看了，你们往下看，小鲲的翅膀下面，这些飞檐、这些琉璃，都是一行师父与司徒一一领着工部的弟子们一点一滴垒起来的。一行师父待弟子宽松随意，司徒一一却很严，我们常听他在工地上骂徒弟，铁钉短一厘，石砖厚了一分，斗拱斜出一度，都不行。我常跟你雨鸾师父讲，带弟子可能还是要像司徒一一这样，严一些才好，不能像一行师父这样弥勒佛似的一团和气，但我们就是学不会。宇轩大哥那种温而厉的风范，恐怕我宇晴一辈子都学不来了。”好像听到了宇晴的话，鲲明显降低了身体，翅翼身腹就贴着林树间的屋顶飞掠。微微的星月光芒里，或红墙绿瓦，或白墙黛瓦，雕栏画彻，飞檐斗拱，高低错落的庭院，聚散有致，因循着山势地利，掩映着森林竹海，既精微清奇，又朴素体贴。没有皇城深宫的贵气，也没有王侯庭院的俗气，也没有佛寺道观的冷寂，饶是李离、上官星雨这样自小在京城长大见过世面的人，心里也不由暗自称赞，十余年后等长安盗退、重修长安城时，皇上您来将这两位师父请去吧！

“除了盖房子，司徒一一还是一个挖地洞的好手，你们去年来谷里，走的是万花因隧道，那条路你们一定记得的！当时宇轩大哥带着我们去看那朵牡丹，我们都惊呆了，我没想到有人能够用石头也雕出那么好看的花，司徒一一的一双手也太巧了，可惜一行师父不愿跟他比试，弄得我们也不知道，谁是万花谷的第一巧手，但大伙都说，一行师父已经六十岁，司徒一一才三十出头，将司徒世家、蜀中唐门、万花工圣的艺业贯通之后，胜过一行师父，成为匠神，会是迟早的事。司徒一一还修了往仙迹岩中的秘阵，往绝情谷的山路，往天工坊的秘道，这些都是宇轩大哥建议修的，但有人跟我们讲，说司徒一一实际上，已经将万花谷四周的山岭都挖空了，万花谷下面，有一个迷宫，这个迷宫如何布局，可能也就司徒一一自己清楚了。”讲到迷宫的时候，宇晴师父已经是一脸忧色。上官星雨问：“加上聋哑村的那些佣仆，万花谷一共也只有二三百人，就是都跟着他去愚公移山一般挖秘道，也修不出什么迷宫来啊？对了，他可以用木人，我想起万花因来了。可是，就是造木人，这么多楼台、山洞、迷宫，得要多少木人啊！”

宇晴点头道：“对，司徒一一在水月宫发现了一行师父做的木甲人，好几个月都不愿出水月宫走出来，让冉间选那小子天天送饭，晚上就睡在地板上，不回他占的一行师父的揽星潭。一行师父做的木甲人可不是诸葛孔明的那种木马流车，他佛学深湛，精通胎藏和金刚之术，又常与孙思邈老神仙和子虚道人、乌有先生钻研经脉内丹之术，所以给木甲人制作了铁颅，布置了经络，以玄铁块驱动它运转，力大无穷。几个老家伙革新了木人后，都不开心。他们说，这个东西，以后会贻害无穷，最好是一把火烧掉。东方谷主不忍心，最后是封存在水月宫里。司徒一一来到水月宫，琢磨了几个月，将木甲人做了改进，直到木甲人可以帮助司徒一一做出新的木甲人。”

李离插言道：“我的天，真有这样的技艺啊，那么只要提供木料，有一处水磨坊提供转力，就可以成千上万地造出木甲人了。”宇晴抓着鲲的翎羽，继续讲：“司徒一一役木甲人开挖万花因的时候，又在山洞工地上发现了绯玉与龙甲。绯玉你们知道的，就是雕出牡丹的那种红色的石头，很硬，他用这种石头来镟制木人的关节，代替之前使用的檀木。绯玉满坑满谷都是，龙甲却不多，似玉非玉，似铁非铁，温温软软，就是他自己铸的刀，都没有办法将龙甲轻易砍断。据司徒一一说，是远古葬在秦岭山洞里的龙遗留下的鳞甲，司徒一一将它们刻成筋索与软骨，长长短短，千条万条，将绯玉雕成的骨架串连起来，再贴上木片，制成新的甲人。去年中秋节里，他研制成新甲人后，请宇轩大哥与我们去看。一行和尚看了，直念阿弥陀佛，善哉善哉，说诸葛亮做的木马流车也好，之前他们几个老家伙做的木甲人也好，都没办法跟这个甲人比。新甲人有一丈多高，能听懂司徒一一的话，神情安静，默然无声，温顺地坐在天工坊的一张铁椅子上，一眼看上去，就像放大了二三倍的司徒一一自己的样子。司徒一一跟我们讲：他给它取了一个名字，叫刑天。”

那一天，宇晴看得目瞪口呆，转头去看东方宇轩，他扯着胡须不肯说话，孙思邈老神仙也去了，他将手搭在刑天粗壮的手腕上，听了一会脉，半晌开口道：“司徒老弟，你给甲人造的心脉与经脉都很好。我还感觉到，它阳气健旺，内力非凡。”司徒一一答道：“我已将万花秘笈刻写在它头脑里的龙甲上，日后老神仙查医案，积薪兄查棋谱，真卿兄查字帖，宇晴姑娘找农书，雨鸾白轩夫妇查曲谱与书画，都可来问它，不必劳神费力，再去仙迹岩中的藏书阁查对了。”一时诸圣都不作声，告辞离开天工坊，大家冷汗在背，闷闷不乐，天工坊外，揽星潭上的流瀑轰鸣不已，震荡着潭中荇草，将潭中盘旋的龙龟都赶到了岸上。一定有什么大事发生了，但是会演变成什么样子，却也说不出来。东方宇轩与七圣心里都沉甸甸的。林白轩说：“刑天并不是一个好名字，终究逃不脱被打败的命运。”要是画圣来取名字，会是钟馗之类，腊月里他为黄梁村会仙集画门神画钟馗最拿手了。颜真卿说：“我看还不如叫共工呢，这安禄山一出，再加上这木人又出世，我看撑着大唐的几个天柱子，就要被他们撞断了。”之后的几个月，大家都不再提刑天，司徒一一在水月宫、天工坊默默地打造它，它在默默地长。

袁安问：“万花谷里，琴棋书画，医道机关，本领最强的，现在不是谷主，而是新木甲人刑天，对吗？它的武功，现在也到了能闯过七绝逍遥阵的地步了吧？”

宇晴叹息道：“司徒一一可能也是这么想的。中秋节之后，丹桂飘香，有一天晚上，他去摘星楼拜访宇轩大哥，要求让刑天参加万花七试，与万花七圣比武，比照年轻人，成为万花谷的正式弟子，他就是刑天的接引师父。他说要是刑天通过七试，闯出七绝逍遥阵，万花谷日后，尽可关闭聋哑村，亦不必接引新的万花弟子费神调教。一旦江湖有事，派木人去做就可以了，各门各派，没有一百个木人摆不平的事。宇轩大哥非常为难，他说只有万花弟子才可参加七试，木甲人只是工具而已。司徒一一就冷笑，说他的刑天何止是工具，你们试试就会明白，万花谷号称世外桃源，不问正邪，技艺为先，难道就容不下一个会武功的甲人？这么多年，万花谷弟子去江湖闯出名头的，又有几个，如果以后派出木人……宇轩大哥想出一个办法，同意派年后通过六试的弟子，去参加最后的机关之试，机关之试司徒一一可以带刑天主持，如果弟子们打败了刑天，就将刑天拆卸分散，关闭在天工坊内；如果弟子们输了，就请万花七圣迎战刑天。如果刑天闯过了七绝逍遥阵，这万花谷的事情，恐怕就得由司徒一一你来做主了。话是这么说，以万花七圣的赫赫声名，如何能联手去对付一个木人？弟子们如果输掉的话，大概司徒一一也就赢了。”

其实是袁安、李离、上官星雨的万花七试，也是木人刑天的万花七试。

李离说：“所以去年冬天，万花因隧道开放了……七圣也分别去江湖上接引新人？就是为了对付东方谷主与司徒一一的这一场赌约？人定胜天，如果人不能战胜木人，这个万花谷的确是该改成木人谷了。”

宇晴点头说：“你们是我去黄梁村接引来的三个人，不，四个人。抱歉给你们出了这么难的一个题目，你们明天将刑天打败了，晚上我做飞龙卧雪给你们吃。你们被刑天打跑了，我也做飞龙卧雪给你们吃。”

上官星雨幽幽地问：“师父姐姐，我只是想知道，如果不是司徒一一领着刑天来考试，而是照旧由一行师父主持的话，万花第七试本来应该是什么样子？”

宇晴说：“一行师父的题目，一般是让通过六试的弟子做一个小板凳，你们去谷中采药，去除草，以后去闯江湖，都可以将这个小板凳背在背上，就像他总是在背后架着那个木椅子……”

唉，三个少年叹了一口气，随即跟宇晴一起，哈哈大笑了起来，他们爽快的笑声，让身下默默飞、默默听的鲲，精神为之一振，之前它也在打着自己的小算盘：唉，那个司徒一一，要是有一天，闲得蛋疼，也用绯石、龙甲、玄铁、檀木造出鹏来，该如何是好，如何是好……

我们由长安撞州过县冲出来，由万花因的曲折迷宫里爬出来，我们是七圣的好徒弟，我们也闯过七绝逍遥阵，也闯过落星惊鸿阵，我们长安来的风尘三侠，不，四侠，不怕你的，刑天。

“坏消息已经听过了，好师父姐姐，快将好消息告诉我们，我最喜欢在咬了一大口黄连之后，再吃一小块糖了。当年祖姑婆由南方带甘蔗给我吃，我也是由不甜的地方开始啃的。”上官星雨搂着宇晴的腰，在她的耳边热烈地说，呼出的气息暖暖的，让宇晴觉得左耳好痒。

“好消息是，经过刚才小半夜的一番折腾，你们风尘三侠，已经有能力去救第四侠了！”宇晴手上稍稍用力，示意小鲲转头往谷地东南晴昼海边的生死树飞去，其时月已偏西，黄金般的新月就贴在鲲身后的幽蓝星空里，落星湖明镜一般，湖边立起晴昼海树木的郁郁暗影。

二

鲲犹豫片刻，收翼将自己停在了生死树的树顶上。它的身体左侧，是生死树枝繁叶茂的“生”，右侧是枯枝败叶的“死”，向下三十余丈，生死树一枯一荣，撑开树伞，荫庇着二十余亩的草地。现在是亥丑交互的子夜时分，星月寂寂，树上栖居的千余只鸟、亿万的虫豸，树下躺立的百余计的牛羊鹿马，都进入梦乡了吧，露水在星空中凝结，一点点地渗进树叶、枝干与树枝，渗进昆虫、走兽、草木的甲胄、皮毛与枝叶里，将它们的梦乡濡湿成一片。

“唉！我们恐怕是要把树吵醒了，拜托你们入手的时候，尽可能地把握好分寸，不要将树上的鸟吵醒，那些黄鹂与伯劳叫起来也还罢了，要是听到乌鸦与喜鹊叫唤，你们会很烦的。”宇晴由鲲的背上跳下来，扶着鲲的脑袋，站在树枝上，上官星雨、李离、袁安也小心翼翼地爬下来。上官星雨与宇晴在鲲的右侧，李离与袁安在鲲的左侧，西南风由晴昼海上吹来，混杂着荷花、木槿、金合欢、月见草、月季的香气，又被苦艾、黄荆浓浓的草味熏染，多么好闻的夏风，将树杪吹得哗哗作响。好在鲲常来这里，常常站在生死树的顶端鸣叫，收起翅膀，眯起眼睛，去发现晴昼海的草甸里那些闪闪发光的石头，去等另外一只年轻俊美、英气逼人的大鹏，所以能稳稳地站好，不会被风吹得左摇右摆。

“你们看，这是树的顶芽，已经长出了四片羽叶，你们摸摸看。”宇晴蹲下身，绯红的树芽就在鲲的两只铸铁一般的爪子之间，形状就像一支向上耸立的枪头，枪头周边，是稍稍合拢的四张萼片。“你们要是把它掐下来，这棵树今年就不会再长了，老实讲，我犹豫过很长时间，要不要在三月里它刚长出来的时候，将它掐去泡杯茶，不知它的味道与我的漱玉茶比起来怎么样？每年三月我都要禁受这样的诱惑，已经有十多次了！三月里它很嫩，就像星雨你将拇指之外的四根手指合拢在一起的样子，现在它长壮了，比李离你的拳头还要大吧，没事的，掐一掐，捏一捏，都没有关系的。”三个少年也跟着蹲下来，伸出右手，小心翼翼地触摸着生死树的顶芽，如玉如梦，清清凉凉，如果生死树由睡梦里醒来，它会觉得痒痒麻麻笑出声来吧。

“来，我们坐下来调息，以你们现在的内力，在一个绳子上都可以坐好的。”宇晴率先盘腿坐下，接下来是上官星雨、李离和袁安。“按道理，在达到花间游内力第八重之后，我们就能够内视了。你们试试看。”宇晴双手互握，平放在小腹丹田上方，微微闭上了眼睛，“你们会清清楚楚地看到自己的骨骼、经络、血脉，看到五脏六腑，发出淡淡的红光，摆放在身体里。你们移动视线，好像有一点光，带动你的灵识在你的身体里面游动。”

三人听从宇晴师父的吩咐，果然，他们将眼睛闭上之后，好像身体的门被推开了似的，他们仿佛看见，微红的脏器在血脉的牵连下，一寸一寸地浮现出来，像绯玉一样，发出淡淡的珠华，果然是洞彻肺腑啊，以后再生病的时候，再也不会害怕，还有，李离你要是变了心，我也是可以看得出来的……这当然是上官星雨脑子里一闪而过的想法，脑子，对，大脑果然像朝霞映照的海洋，层层叠叠，在微微波动，让它波动的，并不是习习和风，而是我们的意念吧，喜怒哀乐，心动则幡动，惠能和尚说得对，他一定也是一个内视的大行家。

“现在我要你们将手由丹田移开，移到顶芽上，每个人的双手都握住它的一张萼片。”宇晴吩咐道。三人点点头，左右手掌伸出，轻轻地握着东南西北四个方向伸展出来的萼片。

“我要你们由大树的里面，来看看这棵树。”宇晴的声调混合着南方的口音，甜蜜、沙哑，让人觉得心里安定。

由微红的顶芽开始，穿过浅褐色的树心，那些纵横上下的脉管，由树心慢慢地伸展到条条树干，由树干进入无数的树枝，最后到达亿万片深绿色的叶片，然后又到达“死”的一半，那些枯干冷寂的枝干，那些变成深褐色的将要离开树枝的枯叶，灵识在它们中间运行好吃力。他们仿佛“看见”了这棵闻名世界的“生死树”，随着大树缓慢的呼吸，这些密网一样的枝叶一张一翕，微微震颤；他们还看得见依附在树干与树叶上的甲虫、蚕蛾、蚂蚁、椿象，看得见在鸟巢里睡着的鸟；如果他们愿意，将内力再发散一些，就可以“看见”那些虫鸟的梦。但是他们没有发散，而是心念一转，让“目光”往下，往下，由林林总总的树枝会聚在粗壮的树干，树干中粗大的脉管。大概得花掉三四千年，才能长成这样十余人合抱的树干吧，一半湿润光滑，另外一半枯干生涩，在这枯干生涩的一半树干里，还有一个树洞，这是黑熊挖出来的一个家吗？宇晴其实不同意，上个月来的时候，她都没有发现这个树洞啊。继续往下，往下，沿着树根，慢慢地树根也分解成不同的分枝，像往地底撑开的一把巨伞，其实也扩展到了二十来亩的方圆，并不比地面的枝叶少。树根旁边，是老鼠、黄鼠狼、刺猬、蝉猴子、蚯蚓、地老虎们的家。再往下，沿着中间的主根，它深深地扎进了地下的泉水里，泉水活泼泼地涌流着，听任亿万计的小根须滋滋地吸取着水珠。他们的“灵识视线”来到这里的时候，就像潜水到达了湖底，睁开眼睛，都会被水流冲刷，微微地压挤着……该回头看了，重新由根须上收回“视线”，由树干回到树冠，回到微明的网络一般的大树的内心，被微风吹拂、星光照耀的大树的内心，一半在喜悦地成长，一半在叹息着枯败，好像内心悲欣交集的一个人。

三

“我喜欢这棵树，它又老又年轻，一边活得兴高采烈，一边又活得伤感苦闷，如果有一天，它修成了树精的话，他一定会是一个非常迷人的中年大叔，会像东方谷主吗？药圣他老人家不总是说谷主像根木头吗？”上官星雨不愿意睁开眼睛，转过头对宇晴讲。她闭着双眼，所以看不到，宇晴师父在用力地点着头。没有人，比宇轩大哥更像这棵树了，他在这个世界上修行了四十余年；这棵树，在万花谷中、晴昼海边，修了三千年。二十年前，这还是一片无名的谷，无名的湖，空山寂寂，万物竞自然，宇轩大哥带领我们来到这里……

“我好像能感觉到它的心，就在离地面不远的树干中央，在那个树洞的上方，树干里的脉管都通向那里，缠绕成一个鹅蛋大小的椭圆，比其他的地方显得更红一些，如果站在大树下面，用手扶着树干，肯定能感受到它的心跳。”李离对大伙说，大家都同意他的看法，可是这棵树有心，它会有大脑吗？它会站在草地上思考问题吗？也许，它的整个树冠连接起来，就是它的大脑吧，它的每一片叶子，会像刑天头脑中的龙甲一样吗？它感受着阳光风雨，感受着世界，三千年了，它对这个世界的变化，还有新鲜的感觉吗？

“它一定就是裟椤双树，我听我妈说过。我妈信佛，小时候常讲佛经上的故事给我听，她说如来佛在一棵大树下面，坐了七天七夜，终于悟出了人生的道理，修成了正果。那棵大树一半枯一半荣，一半枝叶在生长，另一半的树叶在凋零，好像它有两个面相，一个沉浸在百花盛开的春色里，一个还停留在白雪皑皑的冬天。后为人们将如来佛坐过的那棵树叫作裟椤双树，他们说，如果将娑椤树砍倒，做成船桅，船就会像月亮一样，可以自由自在地在天上航行，坐进船里的人，会活得很久，一直年轻，不会老死。”袁安告诉大家。其实妈妈讲这个故事的时候，还教他唱歌：“月亮哥，杉木船，娑椤树，做桅杆。”他会在妈妈的歌声里进入梦乡，迷迷糊糊地看到一艘木船挂在天上，像月亮一样，长长的桅杆，由一种有火焰一般的花纹的木头制成，挂着猎猎的风帆，他与同伴坐在船舱里浑身是汗，奋力划桨，一共是四个同伴，上官星雨、李离、吴离、他自已，可是那时候，我们还并不相识啊……妈妈的嗓音，温柔沙哑，像宇晴师父，也有一点南方的口音。她好像是山西人啊，或者，与她相好过的男人里有南方人？她喜欢过的男人是谁？中间会有他的父亲吗？这些，他都没有问过她。小时候，觉得一切都来得及，一切都会被时间证实，一切的谜团都会解开，现在才发现，其实，没有问出来的问题，也许会永远沉寂在黑暗里；没有见过的人，会永远不见。那些与你在一起的人，终有一天，他们会告别远行，不再回来。你离开那个城市，以为会有重返的一天，你终于将它忘记，将另外的地方当成了家乡。

“刚才在七绝逍遥阵里，你们已经知道了师父们是怎么样运用内力的，一只手掌输出阳力，一只手掌输出阴力，这样我们四个人，就会有八种力量，通过顶芽进入树身，八种力或强或弱，或分或合，会将树由梦中唤醒，在顶芽上生长，开花，结果。如果我们运气够好的话，一个时辰左右，我们就能够让它结出一枚万花果，吴耕吃下这枚万花果，就可以重新打通经脉，解除掉五官的禁制，由聋哑村里出来了……”宇晴的讲解简单明了，其实是很了不起的老师，三人睁开眼睛，好像是将身心由大树之内拔出来一样。子夜时分，小鲲半梦半醒地站着，鸟喙边的尖脸看起来好像在古怪地发笑。在它的腹下，团坐调息的师生四人，他们的身体下面是枝繁叶茂又枯萎败坏的裟椤双树，他们头顶上是历历的星空，北斗七星还在那里，在残破的长安城上方，默默地指引着他们，就像一个时辰之前，指引着他们，好像风暴中的一叶小舟，他们同舟共济，辗转腾挪在武学与医道的巅峰之阵里。

“我来给大家讲万花谷的春天吧！春节元宵之后，春风变暖，由群峰间吹来的时候，已经不再咬我们的手和脸，万花谷北边群山上，最后的几块积雪也被融化掉了，几场春雨之后，太阳出来，阳光温和明亮，好像一夜之间，晴昼海上的草都变绿了，花都开放了，繁星一般围着落星湖，白鹿在花海里散步，鲫鱼与鲤鱼在湖水里啪啪地产卵，这时候，鸟儿成天地唱着歌，青蛙也开始鸣叫，一汪一汪的小蝌蚪云朵一样在湖水里转移，就像白云在蓝天上被风吹动着。”宇晴喃喃地向大家讲述着春天，一边催发出内力，温暖和煦，牵引着上官星雨、李离、袁安的内力，由树顶向树身，向树根缓缓贯注。大树感应到了这股春意，大树之心的跳动变快，混沌的液汁向树顶涌流，四人手握的顶芽也缓缓伸长，红珊瑚似的，抽出一尺余长的根茎，珊珊可爱。在树芽的顶端，一个花突出现了，花突向外鼓胀着，变成花苞，花苞是深红色的，生出层层鳞叶，像颜真卿师父提在手里用来写大楷字的笔尖。花苞在四人又惊又喜的目光里慢慢变大，胀满，最后，难为情似的，啪的一声微响，在这声微响里张开了口吻，它的花瓣是深红色的，西域葡萄酒一般的红，花芯却是淡黄色的，像西蜀进献到皇宫里来的蚕丝制成的绢纱。

“我在万花谷种了数以万计的花木，二十年来它们开出数以亿计的花朵，这是最美的一朵。”宇晴赞叹道，一边低下头，去闻那朵裟椤花传来的缥缈的花香，“也是最香的一朵，它好像是由我种过的全部的牡丹里萃取出来香气，它并不贪心，只要了一点点，就是这一点点，若有若无，让你吸气的时候，刚刚能闻得到，稍不注意，就会由鼻翼边溜走。”星雨、袁安、李离都同意宇晴的话，他们在长安、在洛阳，在往秦岭来的路上，见过的名卉野花，林林总总，各色各香，都不如眼前这一朵。

“我来讲夏天对吗？除了烦人的蚊子，万花谷的夏天还是很不错的一个季节。我喜欢五月早晨的时候，由逍遥林绕过三星望月，再经寻仙径去仙迹岩上课，路边樟树、枫杨、槐树、青桐的叶片，被太阳晒出好闻的香气，将斑驳的光影投射在干净的土路上，路边牛羊与鹿群唰唰地啃着青草，微微蒸发出皮毛上的汗味，蝉在树枝上一阵一阵地叫，我觉得自己好像走在梦里似的。有时候，乌云密集，闪电划破天空，惊雷带来瓢泼大雨，我跟李离你们去三星望月，坐着绳车，由天岚梯往摘星楼攀登，一边看雨水瀑布一样挂在屋檐上，一边听任阵阵凉风吹到身上，衣袂翻飞，觉得过去几天的暑热都解散了。”星雨向大家描述夏天的时候，好像随着夏日艳阳的照射，苍翠草木的郁积，大家的内力变得厚重而炽热了，热力一层一层地向树身涌去，催动大树喘息似的，好像由树叶间沁出了汗滴。深红而芬芳的裟椤花谢了，花瓣拂过众人的手腕，打着旋，往星光闪闪的树叶间飘落。裟椤花凋谢的地方，一枚小手指头粗细的果子出现了，碧绿碧绿的，像一枚莲子或者楝实。很快在星雨讲述的飘风与急雨中，莲子一圈一圈长大，长到了枣子大小，光滑、晶莹、饱满、具足，好像翡翠般的果实里面，正在汇聚起酸涩、苦楚或者甜蜜的汁液。

“我喜欢秋天，但是我还没有见过万花谷的秋天，我来讲长安城里的秋天吧。八月十五，中秋节后，好像一夜之间，秋风就将长安城吹凉了，将街两边的桂花树吹开了，青桐、柳树与白杨的枯叶，堆满了长安的每一条街道和沟渠，有人写诗，说秋风吹渭水，落叶满长安，很对的。大雁一群一群由大雁塔与大明宫的屋顶上飞向南方，很快，早上起来，就会看到屋顶上的浓霜。母亲将箱子里的夹衣找出来。城外的农民将养肥的绵羊赶到城里，准备着大家吃羊肉，用绵羊的毛织成防寒的衣服。秋天有一个好处，就是各地的果子都成熟了，一车一车地运到京城来，西域的羊奶子葡萄、扶风的大蜜枣、山东蓬莱的苹果、山西运城的梨、湖北罗田的板栗，大筐小筐地装满摆在集市上，几个铜钱就可以换一袋，又便宜又好吃。”袁安讲着长安的秋天，大伙一并也将掌力变凉，好像夹着清霜的西风一般，又尖又薄，刀锋一般，往大树的肺腑里吹送。眼前裟椤果停止了长大，表皮变红，好像那些喝酒过量的人，脸上出现了酡红，嘴巴里吐出酒气，当然，裟椤果散发出来的是青涩的果实的气味，它好像还在犹豫不定，不知道，是该让自己变苦，还是让自己变甜。

“长安的冬天也是不错的，立冬前后，第一场雪下下来，雪花就好像止不住似的，一场接着一场，我记得有一年冬天，一直到春节都在下雪，大雪将街道都填满了，我们由王府出门，只好在积雪里挖出雪巷来。雪巷宽大到可以赶马车，坐马车在雪洞里驰骋，我印象特别深。仆佣家的孩子裹着厚厚的狗皮袄子，还是将手脸都冻红了，天晴的时候，屋檐上垂下长长的冰溜子，他们就折下来咬在嘴里，然后去渭河上滑冰。我爹有时候也会将我赶到外面去玩，他最讨厌我待在紫铜火盆边懒洋洋的样子，他还喜欢下雪天带着人去打猎，黄昏时，举着火把，带着一身逼人的寒气回来，将射到的野兔麂子黄羊扔在院子里，它们身上的血都已经冻住了。进入腊月之后，长安城冰天雪地，但很快人们就会放烟花鞭炮迎接过年，冰雪中，烟火在奇寒的星空里散开的样子是好看的，烟火的光芒将城池的轮廓与屋顶钩画出来，几万万人在那里看，吃酒寻乐子，热闹之后，又是望不到边的冷清与荒凉。”这是李离讲到的长安的冬天，大家听到，都觉得周身清寒，不自觉地掌力也变得寒冥深邃，好像要将树都冻住的样子。眼见着枣子大小的裟椤果变得深红，像一束火苗似的透射出微光，好像再有一阵风雪，就会扑通一声由红珊瑚一般的枝条上折坠下来。

春夏秋冬又一春。

冬天的时候，让风雪来得更猛烈一些吧。

让果实在风雪里回到大地。

让回到大地的果实在春天生出新芽。

新芽怒发，一如少年。

想念雪，果然有雪花一片一片由天上纷纷扬扬地飘落下来，团团地回旋着，冰凉地擦着几个人的脸飘落下来，将他们与鲲与生死树一起，笼罩在茫茫的飞雪里。大伙大吃一惊，这是七月初七的晚上啊，刚才还好好的满天星光，哪里来的雪呢，抬头看去，只见鲲的背上，不知道什么时候，站定了一个黑衣长剑的老者，白发飘飞，双掌轻推，腰腹内含，一边向风雪之上的星空微微发力，一边笑吟吟地朝下望着他们四人。

“方乾爷爷！”宇晴喜出望外，扬起脸打招呼。

“唉！你叫宇轩大哥，碧玲阿姨，又叫我爷爷，你这南蛮小妮子，还是没将辈分理清楚啊！”老人收起双掌，由鲲鹏的背上跃下，轻轻稳稳地落在四人的身边，“我看你们辛辛苦苦地造果子，就差这一阵雪了，这一刻钟的雪，够了吧！”

当然是够了，东方宇轩谷主的父亲，侠客岛的岛主，以他与当代剑圣相埒的功力，用内力引动气息的流转，在一小块天地造出几条惊雷与闪电，为孩子们下一场簸箕大的小雪助助兴，又算得了什么。积雪薄薄地铺在树叶上，鲲的背上，众人的肩膀上，只是片刻入骨的寒意，雪就化掉了，但这一点寒意，已经足够让成熟的裟椤果——宇晴想得到的“万花果”根蒂一缩，好像下定决心一般，自然而然地由一尺多长的树芽的顶端滚落下来了。

“小鲲，这不是给你吃的！”上官星雨挥手驱赶着探头探脑伸过脖子的鲲，的确，万花果很像一枚小小的玉核呢！鲲在一边盯了这么久——这几位主人，我驮他们飞这么远，现在，他们一定是良心发现，想做一点宵夜给我这一只了不起的大鹏吃。没承想上官星雨将它引以为傲的长脖子拨到一边，在果实离开树枝的一瞬，袁安伸手将它接在掌心里。小鲲只好讪讪地别过脸，那边落星湖被月亮照着，美得像一面魔镜。

“方乾爷爷您这次什么时候来万花谷的，也不来看我！”

宇晴一脸的嗔怪。十多年前，她就认得这个老家伙，她随着六诏的难民北上中原，被十二连环坞的水贼们打劫，身边的族人一个一个中刀掉进大江，将水面染得一片血红，要不是方乾爷爷出手，一剑屠灭了那百余名水贼，她现在都会在他们的水寨里，由一个小丫环，一直做到一名贼婆娘吧！

“我昨天来，晚上忙着去看颜真卿写字，这老小子写得更好了；又去看孙思邈写好的《千金方》，老神仙又长进了。你们炼出来的这个万花果不错，过几天再来弄一枚给他送去，给他做寿礼，他要是死了，活不过两百岁，你们万花谷养老的招牌就倒了！今晚上，我约你们的东方大谷主去你碧玲阿姨那里吃饭。三个人吃了半天，一句话都没讲，你们东方大谷主就是一根大木头，无趣得紧啊！我从来都没搞懂，这样的男人，碧玲为什么还喜欢得要死要活。吃完饭，我就由他们那个小亭子逃出来，来找你这个南蛮小丫头了！”方乾笑吟吟地看着宇晴，也一手摸着下颏的胡须，那样子，活脱脱就是宇轩大哥的模样，不对，应是宇轩大哥学他的才对啊，他们两个人看起来倒并不像父子，而是年纪相近的兄弟，孙老神仙这是拿多少返老还童的丹药给方乾爷爷吃下去了！说宇轩大哥是大木头……那是因为您是他爹啊，您老人家在蓬莱岛，在您那了不起的亲爹面前，还不是像一根长蘑菇的大木头……

“方乾爷爷知道我们来到这棵生死树采药，对吗？您一定找我很久！”宇晴激动得泪花闪闪的。

“我就住在树下的那个树洞里啊。”方乾有一点不好意思，酒困人乏，七月初七的晚上，他匆匆扒拉下饭粒，由儿子与准儿媳那里告退，由绝情谷回到他钟爱的这个树洞里，是来睡觉的嘛。

“您个老猴子，就是放心不下碧玲阿姨的那几坛猴儿酒，又骗我！”宇晴涨红脸，举着拳头敲打方乾爷爷的肩膀。十年前，这个呼风唤雨引雷下雪的爷爷，也是这样骗她留在了万花谷，没有将她带去侠客岛看海鸥。“海岛太荒凉，不是你们女孩儿待的地方，你在这里种花栽树，将万花谷变成名副其实的万花谷。爷爷我会常来看你的！”可谁知道，他到万花谷来，到底是看她这个南蛮小丫头，还是看他的木头儿子呢？

唉，宇晴师父，你还有三个好徒弟，打坐在树顶上，贼头贼脑地看着你呐，这样的娇嗔，可不太像刚刚研发出天下第一疗伤圣药——万花果，看起来非常厉害的花圣宇晴老师的样子。

三

“明天早上，他醒来的时候，就能开口说话了，等你们由司徒一一的水月宫回来，用落星惊鸿阵的办法，可以用‘长针’，替他恢复气血，补上花间游的内力，他大概就可以跟上你们的进度。他的脉象不错，气息也足，他在聋哑村听不见、说不出话，却还在坚持练习内力，你看他手上的茧子，聋哑村村头的枫杨树，可吃了他不少拳掌，很勤奋的小伙子啊！”宇晴摸索着吴耕右手上的脉搏，吴耕被袁安横抱着，放在鲲的背上。

他们已经由聋哑村返回，将吴耕由黑黢黢的柴房里带出来，去山涧里取来泉水，让他服下了万花果。就像猪八戒吃人生果似的，明天早上吴耕睁开眼，头脑一片清明，喊出袁安、李离、上官星雨的名字的时候，他一定说不出万花果的味道吧，忙了小半晚上，又是破阵，又是制药，连这枚果子的味道都不晓得，可惜了。等这阵子忙过了，就是不为给孙老神仙做寿礼，我们几个也要偷偷地劳烦生死树再长出几枚来尝尝啊。

由逍遥林到落星湖，鲲拐了一个弯，又来到生死树的上空，方乾爷爷已经钻进那个树洞里睡着了，这么远，都可以听到他传来的隐隐的鼾声，好像海浪一般，将生死树的树干一会儿撑大，一会儿收细。刚刚经过四季的劳作，长出来一枚万花果的裟椤双树，一定是烦死这个老家伙了，这时候，如果有一百只乌鸦撞进树洞，来一场鸟粪雪将老家伙埋起来才好呢。

"袁安、妮妮、星雨，你们快走啊！"星月的微光里，吴耕已翕动着嘴唇说梦话了，听得三人喜极而泣，这吴耕，他还以为，他们没有走出万花因吧，困在黑暗的地宫里，石头的牡丹花下，在铺天盖地的花瓣雨里，他们生死一线，他推着他们，让他们先走一步。

"我已经不欠你们的啦，你们三个，快去好好睡，明天早上起晚一点也没有关系，打不赢刑天也没有关系，吴耕醒来，就让他去晴昼海弄花猴的腱子肉、野鹿的鹿茸、晴狼的舌头吧，我好久没有做飞龙卧雪这道菜了！"宇晴跳下鲲背，与他们三个，不，四个告别。

当他们洗漱完毕，心满意足地进入梦乡的时候，他们还算不上今晚万花谷里睡得最晚的人。

鲲？它送走乘客，缓缓地往落星湖边的宿处飞，星月交映，微明的黑暗中，它的翅翼像一朵黑云，经过三星望月时，一颗巨大的流星从它伸直的脖颈儿前划过，鲲忽然发出金声玉振的悲鸣。

鲲，在这个山谷里已经有三百年。

千百的宝石，都抵不过那只南飞未返的公鹏吧。

它的征途是星空大海。

我的家是万花谷。

鲲，你觉得孤单吗？

还有一盏灯，跳闪在绝情谷小荷塘的凉亭里，还有两个人，一男一女的中年人，隔着石桌在谈话，桌子上冲泡着宇晴姑娘春上送来的漱玉茶，茶已经凉了。七月初七，星汉滚滚，牛郎星正向织女星迢迢银河暗渡。两个双鬓斑白的中年人，他们的谈话，还会有关风月吗？

“我还记得你第一次到我们蓬莱岛。你给爷爷拜完寿之后，到我家里做客，我端我们蓬莱的八仙茶给你喝，你说八仙茶虽然苦，虽然烫，但有一股板栗的香气。我的丫鬟阿朱在堂后悄悄跟我讲，说这个方公子长得好秀气、好风雅，这一回喝了我们家的茶，就要做我们家的人了。我在门帘后面悄悄地看你和我父亲讲话，你比离开蓬莱岛前的那几年长高了许多，晒得有点黑，但剑眉星目，神采奕奕，举止有礼，你跟父亲说什么，我一句都听不见，只觉得耳朵里轰轰作响，血都在往脸上涌。阿朱拉着我的袖子将我往后扯，生怕别人笑话我偷看‘女婿’。”

“是啊，要是当年不离开侠客岛，遵守家长们的约定完婚，我们的孩子，也有今天参加万花七试的几个孩了那么大了。他们会在海外的侠客岛跟爷爷奶奶玩，在蓬莱岛上跟外公外婆玩，弹琴吹箫，学剑练气，在沙滩上晒得黑黢黢的，头发被风吹得乱糟糟，一身圆滚滚的肉，就像当年我们一样。我现在也不能确定，我的选择对不对，只是觉得，特别对不住你。”其实，我并没有忘记那刀光剑影的宴席上流淌的琴声，这么多年来，它都缠绕在我的梦境里，也没有忘记那阳光如瀑的客厅里，白衣黑发的女孩儿端上的清茶的袅袅茶香，它混合着你衣袖与头发的幽香，一直缠绕在我的生命里……十八年前，我无声无息地离开侠客岛，未曾给你留下一封书信，是希望你能彻底将我忘记，少年的心既在远方，他就应该鼓足勇气，斩断情丝，让心爱的女人去爱上别人，结婚生子，过平静的生活。真正的爱，有时候，其实就是要做一个陌生人。我没有想到你会来中原找我，你自小都没有离开过蓬莱，一个人千余里跋山涉水找过来，你敲着觅星殿厚厚的木门，由重逢的喜悦，生出满腹的疑惑，你又难过，又伤感，流眼泪，隔着门对我说：“你不见我，那也由你，但是不管怎么说我是你父母之命、媒妁之言，堂堂正正未过门的妻子。你不等我，我却要等你，我自寻一处等你回心转意吧。”

“我听着你的脚步声渐渐远去，在殿内，背靠着大门，手里握着我的剑，呆坐了一夜。全世界的男男女女都会嘲笑我的无情无义吧，我只是觉得，我没有勇气面对你。我已经没有办法回头，我希望你碰到这一扇紧闭的门之后，能够回头，带着对我的愤恨与不齿回蓬莱去，一个逃掉婚约，又回绝了千里寻夫的未婚妻的男人，是不应该被原谅的。我派宇晴悄悄地跟着你，怕你有事。你下定了决心，真的住进了绝情谷。我们鸡犬相闻，却老死不相往来。蓬莱方家的叔伯兄弟们，觉得脸上无光，痛恨我这个忘恩负义的子弟，他们在万花谷与绝情谷之间，布下了九九八十一道机关，以免你与我重新见面。我其实对他们心里面充满了感谢之情，为我们立起来这一堵隔离的墙。这并不是不能克服的难关，真正的八十一道机关是在我们的心里，被日渐长进的岁月藤蔓一样纠缠在一起，密布着荆棘与花朵，让我们失去将之清理出来、重新开始的勇气。一个男人，不到四十岁，如何能够回头，认识到自己的错？我希望自己还不算太晚。碧玲，我已经不是你少女时代看到的那个神采飞扬的少年，我的自私、我的怯懦、我的无情，在过去的十几年里，常常像火苗一样烧烤着我的心，我不配得到你的谅解。”

“宇轩你不用这样想的。我自己愿意来中原，愿意住在绝情谷里，住在离你只隔着一条溪流、一条秘道、八十一道机关的地方。我看着万花谷里的草木一天比一天繁盛，屋宇一天比一天广大，大唐的奇能异士慕名来到这里，愿意在这里切磋技艺，夭寿不二，修身以俟，度过他们的后半生，我就明白了，万花谷并不是一次赌气、一次逃学、一个玩笑、一个梦，它是一个奇迹、一个创造，令我觉得骄傲，没有万花谷的大唐，没有书圣、画圣、琴圣、药圣、花圣、工圣、棋圣的大唐，会是多么令人乏味！我也知道，你心里有我。宇晴常常到我这里来，将你的事情讲给我听。宇轩我觉得我们是在一起的，我们并没有分开过。那些背后议论你的人，哪里知道，绝情胜过有情的道理。”

“要是明天，如果孩子们败给了司徒一一，万花谷就会变成木人谷了……到时候，我们就回侠客岛吧。”

“他们不会输的，我相信你调教出来的孩子，不可能输给司徒一一教出来的木人。我要你留在万花谷。”

“要是明天，父亲逼我比试武功，我输给了他，我就只好将谷主之位交给宇晴，到时候，我们就回侠客岛吧。”

“侠客岛武学未必就是万花武学的对手……你们二三百人切磋出来的武功，不是方伯伯一个人在侠客岛上苦思冥想可以达到的，想得到天下第一的人，往往最难得到天下第一。”

“他已经输给过剑圣一次，他为与我的比试，已经准备了十年了。”

在迢迢的星河里，在喜鹊们用鸟背拱出来的鹊桥上，牛郎与织女讨论的可不是这些。“金风玉露一相逢，便胜却人间无数。”黄金般的新月已经沉没在万花谷外的群山里，来自星空的清露珍珠般凝结在荷塘之中的荷叶上，泼剌一声，新长成的鱼儿由水底跳上来，闪现出它们银子一样的鳞片。青草上流动的萤火虫提着小灯笼忙忙地飞，但愿它们尽早找到各自的情缘。

流年似水，太上忘情，纵是雄姿英发、情久自抑、名满天下的东方谷主，对着他已徐娘半老的心上人，对着她温和的面容、被岁月涂抹的皱纹、染霜的发髻，也是亢龙知悔、心有戚戚。

“碧玲，如果回到二十年前，我一定不会离开侠客岛。”

“宇轩我知道的。”

“原谅我二十年后，留在了万花谷。”

“好的。”

“谢谢你的陪伴。”

“没关系。”

本激活码使用说明：

①本卡印有的激活码可用于在《剑侠情缘网络版叁》游戏内兑换官方小说专属道具“七逃玉令”。

②激活码兑换方式：打开游戏界面右上角的活动日历点击“兑换”，输入激活码后到游戏信使处领取。

③本激活码仅可使用一次，成功领取后，激活码失效。

④本卡激活有效期至2022年2月18日。

激活码： AGAL2VDPSP2P5RYXAJ4

第五章　刑天记

一

益母草、紫薇、蓝色的康乃馨，再加上不远处一片一片的蓝花楹，宇晴师父是用这些草木种植出这片蓝色草原的吧！深深浅浅的蓝色，明朗爽利里，又有一点淡淡的悲伤。早上八点多钟的时候，太阳已经越过万花谷东边的武陵山脉诸峰，将灿烂的阳光洒遍处处溪谷，吴耕的身后，明镜一般的落星湖被西南风吹起粼粼细浪，将水腥气、泥土味，混合着草木的芬芳，一起吹入吴耕的鼻翼。黄鹂鸟的叫声一套一套的，布谷鸟只是偶尔一句长吟，青蛙在湖边的湿地里执着地打鼓，草木间蟋蟀的鸣叫与树枝上黑蝉的嘶叫交织在一起，吴耕的前额与脖子已经微微有汗，也顾不上擦，任凭汗水渗进眼睛里，微微辣疼。那头银灰色的晴狼正在朝他小跑过来，毛发蓬松，面颊瘦硬，两只狭长的红光灼灼的眼睛眯缝着，张开下腭，垂下湿答答布满倒钩的暗红舌头，利牙交错如匕，一嘴臭烘烘的腥气。这是他盯上的第十一头狼。

能够置身在晴昼海上，多好啊！过去的半年，吴耕由万花因出来，被送入聋哑村服役，与侠客岛方家的那些恶仆，万花弟子们由江湖上擒来的坏人在一起，又聋又哑地挑粪、种地、做工、待客，他全身的感官受到禁制，听不到、闻不到、触不到，吃到的粗粝饭菜都无滋味，好像被浸没在镜子之下，一个混沌的世界，这个世界对他来说，噩梦一般，只剩下模模糊糊的影子。现在，这一切都回来了，每一次呼吸都是香甜的，每一种声音都是奇妙的，每一寸肌肤都是舒张的，嚼在嘴里的草叶汁液鲜美，如此的幸福、自由、有力量，生气勃勃，好像由母亲的子宫里被重新推送出来，这美丽的新世界，让吴耕觉得眼前的一根青草都被阳光照耀成了金子。神奇的万花果释放出来的灵力，不仅让他重新得到了身体的自由，还让他的灵识更加敏锐，每一根神经都像敏感的琴弦在低鸣，每一条肌肉都像拉开的弓箭蓄积力量，每一条经脉都像活泼的溪流在跌宕，他能够灵活地指挥它们、驾驭它们，让它们音乐一般，箭雨、流瀑一般，爆发出力与美。

他像浑身花纹的豹子一样高高地跃起！飘风急雨一般地出掌，“啪”的拍打在晴狼脖颈以下、两条前腿之上的前胸上的皮毛上，凶恶的晴狼只来得及闷哼一声，倒飞出七八尺之远，仰面躺在草地里，四条腿朝天昏厥，艰难地呼出腥气，吴耕急步上前，右手扯直狼舌，左手持匕首闪电般地一划，紫电清霜一般，就将一尺来长的狼舌割下来，顺手扔到身边的麻袋里。已经有十条狼血淋漓的狼舌躺在那里蠕动不停，壁虎尾巴一般——我不愿意杀死你们，抱歉让你们不能说话，丢掉舌头，失去味觉，你们做狼的乐趣会少一半，但至少也会少吃一些温柔可爱的万花小白兔吧。

又有五条晴狼围上来，赤眼如电，狼心如铁。狼群被这个黑黢黢的少年激怒了，三只打头，另外两只绕到他的身后，头狼低啸一声，五只狼张开利牙人立而起，牙齿与利爪在阳光里闪耀，五条闪电一般，向吴耕抽打过去。吴耕左实右虚，旋身一周，前后左右总共踢出五腿，脚尖如钩，正中晴狼咽喉，他收腿立身站定之后，自己都为身体爆发出来的力量的快慢、算计的角度的精确感到得意，要是袁安、上官星雨、李离他们看到，也会替他叫好吧！这三个家伙，不跟他一起来踢晴狼、捉花猴、抓麋鹿，偏要去水月宫揍木人刑天，瞧他们一脸紧张兮兮的样子，木人会比晴狼更厉害吗？要是我也去了，我就先出手，给它这样来一脚，将它的木头脑袋先踢下来！吴耕一边想，一边唰唰唰将五条狼舌割下来装进麻袋，将麻袋甩到背上，沿着蓝花草原向前，向逍遥林走去。宇晴师父说，花猴喜欢爬逍遥林中的青桐，麋鹿最爱在阴凉的林荫里俯身吃草，去找找看？

逍遥林里万木森森，白杨树高大粗壮，浑身的大叶子像手掌似的；枫杨树枝丫低垂，翅果垂垂，就像皇帝帽子两边垂下的璎珞；马尾松一身龙鳞，将松枝乱云一般高高举起；梧桐已经结籽，簇簇桐乳，清甜可食，是最近几日鹏鸟们的最爱；槐树也一串一串玉石风铃般开着花，风吹入林，将淡绿的槐花撒落一地，槐花是花猴们喜爱的小吃。上官星雨说得对，夏天的逍遥林，早上草叶上的露水刚刚晞干的逍遥林，晨风清兴，好音时交，真美。平日早饭后，来这里练功的万花弟子不少的，今天却空无一人，新入谷的袁安、上官星雨、李离三个愣头青去水月宫挑战司徒先生的木人，打得过吗？万花七试的最后一试，以后想通过就难了。弟子们虽然不看好袁安诸人，但这热闹不看白不看，何况又是传说中的木人刑天首次出手，这大唐第一木人出场，史诗性的时刻，怎能置身事外？不见逍遥林里摇着纸扇闲步的装风雅的弟子，也就情有可原了。

吴耕沿着林中路边上的树丛，猫着腰，背着一麻袋狼舌，小心翼翼地往前走，一时也难看到花猴与麋鹿的影子。正在焦躁之际，忽然看到前面路边一个小木亭子，亭子掩映在一棵三四人合抱的槐树之下，亭子里，一南一北，遥遥斜坐着两人，南边的中年男子，紫衣绣襦，谦和如玉，正是东方宇轩谷主；对面的老者，黑衣白发，身量面目，与谷主竟是出奇地相似，是谷主的兄长，还是父辈？吴耕惊疑不定，稍一犹豫，闪身将自己藏身在槐树后面。

正是早饭后，东方宇轩送父亲方乾，由逍遥林往云锦台离开万花谷的最后一程。清凉的晨光，映在亭顶的茅草上，映在斑驳的木栏里，东方宇轩心中千言万语，到头来，也只是拈须枯坐，讷讷无言。过去十余年里，“苍天君”也算是万花谷中的常客，来无影去无踪，来的时候，随便找一个地方住下来，也不太爱搭理我这个儿子。在他心里，我大概一直是那个腼腆木讷的少年吧。他找万花七圣们讨论琴棋书画、诗词歌舞、机关消息、奇门八卦，这些他都是大行家，更遑论武学。当年少林寺方丈渡如夸他“天下第一，名不虚传”，这个第一，如果是由无穷的才能与技艺合成在一起的话，他当然是，现在也是。自小我就有这么一位名满天下、高傲如同天神下凡的父亲。那时候，我们一家人还住在东海蓬莱岛，我刚记事，问母亲元沧鸾要爸爸，母亲总是骄傲地说他在天圆地方阁坐关，他的功力又增长了，爷爷又夸奖了他。稍大一些了，他常常私自外出，由东海西入中原，这其实是违反蓬莱方家的祖训的。可是有这么一位名侠出海去为方家挣面子，大家多半是睁只眼闭只眼。母亲又自豪地给我讲他在中原闯下的名头，剑试南方武林，无一敌手，入少林寺挑战方丈，大和尚们演练少林诸般绝技，也没有占到分毫便宜，他被认为是天下第一。母亲将这些悄悄在蓬莱哄传的事情，将我们三个人，画成画卷给我看，说你要记得你是方乾的儿子，你要继承他的天赋，你也要做天下第一。于是我也顶着神童的帽子，去学琴棋书画、指掌点穴，心里告诉我自己，我很喜欢，我不怕苦，我是方乾的儿子，不能给他丢脸。其实我知道，这些都无所谓，我自己最喜欢的，还是那些他偶尔挑战天下之余，由中原回到岛上的晚上，窗外海潮起伏，我们一家人点着灯，在餐桌边吃母亲煎的黄花鱼，听他讲起中原种种见闻的时刻，国家如何如何成为盛世，江湖上的门派更替兴衰，他往来如风行侠仗义……他讲得神采飞扬，母亲一脸的爱慕之色，白玉般的双颊上有一抹潮红，那是母亲最美的时刻。我自然又是激动，又是高兴，希望他这次回来，会一直住在蓬莱岛上，再不出门。可是第二天早上，天还没亮，他就背着母亲给他收拾的行李走了，我在窗子里面看着他的背影，并不敢跑出去，拉着他的衣角，说爹爹不要走之类的话，我好像自小就是怕他的。

母亲起来送他，高挑的身材，眉目如黛，一脸英气，淡紫色的裙裾，飘飘如仙。没有到过蓬莱岛的人，是不太可能想象出东海的朝霞之美的。无垠的大海尽头，红日一点一点地由海平面上挣挫出来，点亮天空上的云霞，由紫色中的一点绯红，变成胭脂色、橙黄色，好像将海天都封存在一块巨大的红玉里。春风轻吹，海阔天空，风平浪静，海味腥甜，载父亲去远的福船就静静地泊在码头上，泊在丰盛的霞光里。正是鱼群洄游重返蓬莱岛的时节，千百亿的鱼虾在水下舒展分合，组成种种阵势，引动成群的白海豚在它们中间游蹿，海鸥与信天翁在海面上低飞，朝阳将白海豚的脊背、鸥鸟的翼尖都抹上了金粉。

父亲看得兴致勃发，让书童方宇谦先将行李搬到船上去，与已在船上等候他的“七枚”诸位叔叔会合，他自己携起母亲的手，两个跃向大海，足尖踏着白海豚的脊背，在平静的大海和喧闹的鱼群之上切磋武功。这一幕我印象深刻，日后想起父母，常常是历历在目。父亲与母亲都精通蓬莱岛秘库之中所载花间游的内功，在鱼背上左转右折，身影飘忽俊朗。母亲拳掌并出，将内外功的招数一并用出来，我认出来，就是前几天她教我的“星楼月影、兰摧玉折、晚晴掌”，我学得笨拙拘束，哪里有星月兰玉的影子。母亲使出来，云淡风轻，俊雅舒展，父亲却是以掌为剑，右手以“川环海劲”驱使“不慧剑式”回应母亲“兰摧玉折”腿法，左手则以“采荆掌”；“厥阴指法”或点或击，两个人进退接击，转眼就是一百余招，我在窗下看得津津有味，方宇谦与七枚叔叔们在船上也是大声喝彩。

要是不远处有中原的商船经过的话，船上的人见到他们的打斗，一定会觉得看到了神仙。那时候他们的确说得上是神仙眷侣、蓬莱之光，连东海知名的少侠们如尹天赐、康雪烛都自叹不如。父亲母亲的海边比试，最后还是父亲略胜一筹，他的剑法变幻莫测，已经在蓬莱武库的剑法之外，有招化为无招，手刀随着母亲的身形，剑气如网，母亲由年千山爷爷那里学到的“十二楼”掌法转向明经天爷爷的大散手“深红浅绿”，一不小心，被父亲的剑锋一带，红绿交错，右脚滑下白海豚黏滑的脊背，绣花鞋没到水里，已经打湿大半。母亲轻笑着倒跃到父亲身边，微扬着脸，对他说：“师兄武功近来大进，我已经是输了一招。”

父亲又是高兴又是心疼，说：“师妹承让了，当年师父教我武功，多少压箱底的东西都传给了你，你只是没有拿出来罢了。”

那时候，我心里想，我怕是一辈子都学不来父亲的武功，我不会有战胜这个男人的机会。

母亲边替他整理着衣领边道：“挑战剑圣之后，还有东海霸王大擂在等你，剑圣与尹天赐他们虽然难缠，但以乾哥的武功，这些都不在话下。只是这一去，一定要早早回来，游山玩水也还罢了，烟花柳巷最是消磨人，记得我与宇轩都在等你。”

父亲的福船镀着金光，帆影如梦，消失在海大之中。母亲回到家，心情却有一些抑郁，她将打湿的那只鞋子脱下来，叹息了好半天，我明白，在他们的神仙打架里，母亲的这半招，其实是她主动输掉的，她皱着眉跟我讲：“你父亲的尚水功修成圆满，须历经天圆地方阁中三次潮汐的涨落，他还只经过了一次，他剑法中的内力，虽然如海潮卷天席地，却少了星月投入的力量，他与剑圣只怕是一场苦战，并无必胜的把握。”

果然，这一回，他一去三四年都不回来。母亲听人讲，此次他带着方宇谦在南屏山天子峰挑战剑圣拓跋思南，与剑圣的

“杀人之剑、活人之剑、慑人之剑、服人之剑”大战千百回合，最后以半招落败。为了再战剑圣，他又深入南疆，去寻找名剑“飞景”，在苗寨里，结识五仙教教主魔刹罗，不久，我的妹妹曲云，当今五仙教的新任教主，就来到了这个世界上……母亲听到这些消息，又愤恨又气恼，又担心又着急，带着明经天、年千山、施金三位爷爷去找他，无功而返，决心放手让他“泛彼柏舟，以遨以游”。直到有一天，他忽然又悄悄地回来，神色疲惫而萧索。他与剑圣论剑再次失败，他留下方宇谦、飞景剑与破解剑法在南屏山，带着我与母亲，划着船，将家搬到更加遥远的侠客岛上。

他和母亲在侠客岛上的生活，自然过得不好，一个中年男人，败于劲敌，为情所伤，也许心中的情伤比那输掉的半招更加可怕吧。无论如何，我们家的生活，却平静了下来，就像母亲在她的画卷上画的那样。但是我们一家三口在油灯下其乐融融的景象，再也没有出现过，父亲伤了神，母亲伤了心，他们之间慢慢地结出了冰。我已经二十岁了，母亲独生的儿子，她说我越长越像他，我不应该与他们一起隐居在侠客岛上，我应该到世界上去。二十岁那一年，父亲领着我划船回蓬莱岛，给爷爷拜寿，是的，再了不起的父亲，他自己也有父亲，一个威严而慈祥的家长，运气不坏，拥有一个天下第一的儿子。我在蓬莱又看到了碧玲，小时候一起捡海挖沙子追寄居蟹的小丫头，晒得黢黑，也女大十八变，变成了古琴边言笑晏晏、光洁如玉、含羞带怯的美人。“若非群玉山头见，会向瑶台月下逢”，蓬莱也是一个瑶池，岛上的女子，并不弱于西王母那里的女仙们。我看到她，心跳得快了，她悄悄地将她制的茶泡给我喝，我烫到了嗓子。与她一起切磋琴艺与武功时，时间也过得特别快，好像太阳甫出，晚霞又一下子映在了窗外的沙滩上。父亲他看在眼里，也很高兴，我与碧玲虽然都在方家，但已经是隔了十几辈的远族，是可以成亲的。回侠客岛后，他跟母亲商量，母亲也欣然同意，两家约定了婚约，第二年开春，就会安排我去蓬莱与碧玲完婚。一个完美人生的开始。也是与父亲一模一样的开始。我会娶了碧玲，生下孩子，然后心有不甘地偷偷离开海岛去中原游历，打败别人，为人所败，遇到新的我喜欢或者喜欢我的女人，情人之爱，刀口舔蜜，然后一身是伤地回到海岛上。这就是我们方家男人的宿命，跑到中原闯荡一番，然后回到海岛上——世界上最宽大的囚牢，在精巧至极的技艺与繁复无加的武技里，听着你遇到的第一个女人的唠叨，在无穷尽的海涛声里，空耗一生。

二

这边谷主大人在逍遥林话别父亲，沉湎回忆，不能自拔。揽星潭外，水月宫前，却是另外一番热闹景象。七圣中除孙老神仙与宇晴之外，都坐在宫前摆好的木椅上做裁判。孙老神仙是因为昨天落星惊鸿阵里担任“长针”，耗费气血，过分劳累，已经闭关调养；宇晴是不忍心来看，宁愿在绝情谷碧玲阿姨的小厨房里剥葱剐蒜，等吴耕送来飞龙卧雪三种食材，一边陪碧玲阿姨闲话。乌有先生、子虚道人众客卿陪坐一边，一百余名弟子陪侍在后，连聋哑村那些又聋又哑的仆役，今天也特别告了假，换上干净的青衣小帽，在后面踮着脚看，一群鹅似的。这场面，林白轩心想，画出来，就是万花谷当下的写真图了。

申请参加第七试的三名准弟子袁安、上官星雨、李离站在宫门前，一边是客卿司徒一一与他制造的木人刑天。司徒一一六尺不到，身材矮小精悍，头上扎着白毛巾，看上去，风尘仆仆，好像是刚由重庆朝天门码头上走下来的一名挑夫，厚嘴唇，眼细如刀，眼中精光深厉，如炭炙金销，令人不敢对视。他所制的木人刑天站在身旁，身量比司徒一一高一倍以上，达十余尺，面目神情也酷肖它的主人，只是其衣饰的讲究又与他迥然有别，识者仔细看上去，紫衣绣襦，其材质样式竟是与东方宇轩谷主如出一辙。谷主与孙老神仙未来，自是由书圣颜真卿主持，他与诸圣客卿商量的办法，三人一组，与刑天一共比试五场，前四场分别是琴棋书画，如果四场未分胜负，则比试阵法对战，由三人合力与刑天打斗，胜则通过第七试，负则刑天胜出，司徒一一可履行与谷主讲定的条件：万花谷尽可改成木人谷。木人脸色如恒，司徒一一听到这些规矩，脸上却露出愤愤不平之色，三个少年组成小组对付一个木人，不公平，将画琴书棋四项放到前面，将打斗这一木人最强项放到后面，也不公平。诸圣与客卿实则望司徒一一与刑天知难而退，没想到司徒一一虽则疾愤，沉思片刻，却是点头同意。围观的弟子已知此次比试绝非简单，东方谷主与司徒客卿之约，事关万花谷存续，一边惶惑紧张，一边为三位学弟学妹捏两手心的冷汗——听闻司徒一一研制木人已经很久，相关的传闻也听过多次，现在亲眼看到刑天出来，却是第一回，特别是它怪模怪样站立在司徒一一身边，一脸淡然，双手紧紧握拳的样子，惟妙惟肖，更让他们觉得心中震骇。他们入谷既久，已在诸圣门下各有造诣，有的还出谷历练经年，知道盛唐变动、江湖板荡，朝廷内外暗流汹涌，各门派势力竞相研发木人，已是不传之秘，没想到司徒一一进境如此之快，木人刑天宛然已是活物，可惊可叹又可怖。

第一项是林白轩的画试。昔年的宫廷御用画师已经胸有成竹，他的题目是“图穷匕首见”：用这句诗画一幅画。袁安三人走进水月宫内，进入指定的房间，刑天跟在后面，房间前后各设着书案。刑天走进水月宫的大门时，阳光正好照着它的背影，它的身材已经高过了大门，迟疑片刻，只好低下头，手扶着门框的上方，由门洞里钻过去，门洞两边书圣写好的对联是：“望帝杜鹃水上月，庄生蝴蝶镜中花。”刑天低头的动作给围观的万花谷弟子们留下了深刻的印象。

半个时辰后，墨迹未干的两幅白绢由一位名叫曾天河的弟子小跑进去取过来，放在林白轩面前的几案上。诸圣客卿都侧头去看，司徒一一却在一边抱肩冷笑。两幅画几乎一模一样，布局谨严，张弛有度，却并没有画出当日秦舞阳生怯，荆轲持图开卷，现出太子丹所藏淬毒匕首的情形。画的是始皇帝神色剧变，提起朝服下摆扭身奔向身后屋柱的时刻，始皇帝的脸上惊讶中有镇定，害怕中也有刚毅。林白轩曾在课弟子时讲过，在山泉水清，与其描山弄水，不如画蝌蚪出游，这两张荆轲刺秦用的也是此回避法。只是有一张，在始皇帝的身后，画有三只蝴蝶，翩然逐着他的衣裙，以悠闲来反照皇帝当日的危急。林白轩看到这里，当然是会心一笑，袁安、李离也罢了，上官星雨却是鬼机灵，他们一定是商量好，画这三只蝴蝶，来说明是他们三人所作。画圣随即裁示，画出蝴蝶的一张胜出一筹，一边去看抱肩冷笑的司徒一一，却发现他脸上浮现出一丝冷嘲，画圣心里顿时咯噔一响。一边又觉得自己这个题目终究是出得不妥，将自己心中的杀气，不自觉地泄露出来了，凌雪阁，金水镇，一个杀手真的修行成画师？司徒一一莫非也看出这一层？

果然袁安他们三个出来听到结果，都一脸沮丧。司徒一一去拍着低头出来的刑天，无法摸到头，只好拍打着腰，刑天脸上也露出怔怔的高兴的神色，好像被母亲表扬的孩子，喜悦中还有几丝忸怩。上官星雨挤到林白轩与苏雨鸾身边，粉面含嗔，低声向两位师父抱怨，原来刑天在北窗下画画，暗中却在观察他们三人，他们的低语，他们嘴唇的嚅动，由李离执笔作画时，手腕的运作，画笔的移动，它仿佛都能觉察出来，在模仿三人画出写意后，又沉默半晌，自作主张，钩挑抹画，提笔添上了三只蝴蝶。……它的大脑里面，装满了数百片刻写蝌蚪文的龙甲，每一片龙甲，都密密麻麻纹路纵横。它的身体由千万条甲索与绯石骨架连接起来，司徒一一用玄铁为它打造了强健的心脏，龙甲上已经刻下了万花谷全部的图书典籍，刻下了诸圣撰写的万花秘笈，它作画的时候，风驰电掣，行云流水，不假思索。

“雨鸾师父，刑天是人，又不是人。”上官星雨咬着牙说。

“那你们怕吗？”雨鸾问。

星雨回头去看看李离与袁安，摇摇头。

接下来是听琴之试。七秀坊出身的雨鸾师父沉思半天，提出来的题目是以琴声来描绘中秋的明月在揽星潭与落星湖徘徊的样子。雨鸾目送袁安、上官星雨、李离、木人刑天、曾天河依次走进水月宫，曾天河回头小心翼翼将两扇大门掩上。不久，水月宫内响起了琴声，琴声忽高忽低，回环曲折，明月在天上徘徊，皎皎其光，忽然又没入云层里，明珠投暗，月光下照，将虚幻的影子投入揽星潭与落星湖两湖的湖心，随波心一起荡漾，钩引得一干听众忽而悲伤，忽而欢喜，忽然悲喜交集，想起自己在人世间的种种经历，摸索入谷的千难万阻，人生苦短，艺业难寻，不由得一边微笑，一边又洒下了热泪。

琴声戛然而止，又袅袅不绝，散入水月宫以上的苍绿林樾，将众人悬停在中秋的水月梦幻中，悬停在悲欣无定的人生里，不愿出来。雨鸾凝神谛听，心中感慨不已，正准备听第二支曲子，一边司徒一一站起身，对水月宫里喊道："弹琴者停。"果然，第二阵琴声未起，就铮的一声停息下来，余弦袅袅，散入空山深潭林树。司徒一一转身问道："请问雨鸾姑娘，刚才弹琴的，是袁李等少年，还是刑天？琴圣你音律天下第一，知音知人，聪慧绝伦，如果猜对，这一回合就算我输了如何？"

他们在门内商量奏琴的先后，以刚才画试中刑天的思路，大概是稍慢于袁安李离上官星雨三人，依据他们的行动，进而模仿变化，以求争胜，这一回，刑大大概也会借机推让，让三人先奏琴吧，何况，琴曲中的悲欢离合，缠绵悱恻，哪里又是一个木人能够领悟得到的？可是，司徒一一心思周密，为什么要截断第二组的琴声，他担心雨鸾经过比较，就能够分辨出来彼此的调性吗？

雨鸾犹豫半晌，去看林白轩、颜真卿等人，也是一脸的犹疑不定。她下定了决心道："这第一阵琴声，应是袁安、李离、上官星雨所为，他们借明月照入二潭，来比兴少年情怀，很不错的。"

司徒一一听了，一脸沉静如水，又朝门内喊道：“曾天河你们出来！”三个少年与刑天又出来，依次排开，站在水月宫前枫杨掩映的空地上。司徒一一问曾天河：“刚才先去古琴上奏琴的，是谁？”

曾天河转身指着刑天，一脸迷惑地说：“是他，他身材高，几乎是折着上身趴在古琴上，样子好难看。不是说好演奏两场的吗，怎么中途喊我们出来呢？”

颜真卿一脸苦笑道：“难为刑天了，琴弹得好。司徒一一，这画、琴两试，三个孩子已经输了！”

三

我还记得我离开侠客岛的前夜，所参详的武功，是我们海岛武学中的“若归阵”，阵法繁复多变，已经记不太清楚，“若归”两个字却好像一阵雪风吹进了我的脑子里，清寒中有一丝温暖。世界上会有两种人，一种是生在家乡，长在家乡，最后死了，血肉也埋到家乡的泥土里；还会有另外一种人，他会离开自己的家乡，会在外面想念它，流着热泪，但他再也不会回来，他的骸骨都会埋在异乡，这样，他才会由世界认识他的家乡，认识他自己，明白他降临到这个世界的真正的使命。父亲在第一种与第二种之间挣扎，他的荣耀与悲伤，都来自这里。

我呢？若归，当归，胡不归？开元十五年的春天，侠客岛上的最后一场春雪消融之后，我给母亲与父亲留下书信，离开了侠客岛，我想母亲虽然会哭，但心里会暗暗为我高兴吧。“慈母手中线，游子身上衣”，母亲虽然心头难舍，其实也愿意儿子去外面的世界，去过自己的生活，去做一个在心里牵挂着她的游子，所以才会一针一线地缝儿子的征衣。当然，她会希望她的丈夫在她的身边，特别是当他们头发斑白，已经来到暮年的时候。至于父亲他看到我的信之后，会怎么想，会暴跳如雷，还是心里有一丝宽慰，我不能确定，也不愿多想。只是希望碧玲能够原谅我，此生还长，蓬莱岛上的少侠们也不少，个个英气风华，方鹤影对她痴迷之深，尤胜于我，她移情别恋，终身有托，我自作自受，当然是毫无怨言。

李白有一首诗，说“长风破浪会有时，直挂云帆济沧海”，我却是在沧海中挂上云帆，直奔中原，去“欲渡黄河冰塞川，将登太行雪满山”。

我们的行路方向恰恰相反，但我们的想法是一样的。那时候我们年轻气盛，十八岁出门远行，志在远方。

我们应该将年轻的岁月消磨在歧路重重的路上，而不是老死在自己的家乡。

中华大地东西南北中，山河庄严，辽阔无垠，地广人稠，人才济济，比较起来，蓬莱岛与侠客岛就像是一口深井，我们都是井里自鸣得意的青蛙，我们自小就会的“海龙凫”内力，无非就是学来了青蛙在水井中摊开四肢舒服地仰泳的样子。我去看洛阳城池，牡丹花会中的牡丹，去看洞庭湖的明月，湖畔的青草，去西域看黄沙大漠，看绿洲中的牛羊，去闽越看海，吃垂在路边的荔枝与龙眼，去川西看雪山，雪山之下开满野花的草甸。有七八年的光景，我一人一剑，按图索骥，走遍了我所知道的有名的地方，天之涯，海之角，由冰天雪地的北国到四季如夏的南方，由日出的东岳到日落的昆仑。我差一点就登上了去南洋的海船，只是到广州的那几天，台风大作，翻珠江，倒南海，皮肤黝黑的昆仑奴拼命阻拦，只好作罢。

一路上我结识了很多朋友。我已经感受到，我们生活在一个伟大的前所未有的时代，不同种族不同信仰的人聚居在东海之滨的这一片大陆上，在和平相处了近百年之后，一个城镇接一个城镇被建造出来，货物山积，人流潮涌，几乎每个城市都会有奇能艺士，三教九流，百业匠作，将人的技艺研发到不可思议的地步。人人向前，不舍昼夜，这就是盛世。“药王爷，本姓孙，提龙跨虎手捻针。孙思邈，医术高，三十二岁入唐朝。一针治好娘娘病，两针扎好龙一条。万岁爷一见龙心喜，亲身赐他大黄袍。”我在长安结识了孙思邈老神仙，他是父亲的老相识了，我周游天下，盘缠花完的时候，常去找他老人家打秋风，反正他常去皇宫出诊，挣下了花不完的钱。我也向他学习医术与医道，好几次我都想拜他做老师，都被谢绝了，按他的意思，他不仅要与我父亲做朋友，还要与我做朋友：“方乾那小子固执骄傲，养的儿子却老实得很，有趣有趣，他是我小友，你也是！”他当年最烦恼的事，就是武后当朝，要他研制长生不老丹，他跑到我们侠客岛上，藏了好几年，等武后逝世，才重新出来行医问药。他自己内丹术成，已为长生所苦，如果人活着真的没有死亡，活着又有什么意义，他觉得这是逆天而行；另外一方面，作为医术大师的他未尝不跃跃欲试，多少名医术士想炼出长生不老药而不得，现在其实已经到了最接近这一痴念的时刻。子虚道人年轻的时候是个风流道士，烛花掌无双无对，有人讲这是他倚红偎翠时练出来的绝技：月上柳梢头，人约黄昏后，一手抱美人入红罗帐，一手向后一挥，灭掉灯烛。有的人成了风流鬼，他却由肉蒲团上坐出了风流禅。之后他精研道术，就是他力劝孙老神仙不要配制不老药以犯天条，小心被天帝弄到荧惑星上去种地瓜，嫦娥不是因为不老药被天帝弄去月亮上种桂花树了吗。乌有先生李冀是皇族中人，摇着一把鹅毛扇子，点穴的功夫很好，天文地理无所不通，又特别爱说话，我们在一起的时候，都得听他滔滔不绝地说话，后来是因为他的徒弟李弘被武后下毒，他救治无方，反而令李弘早死，因此十分悔恨，话也变少了，来找孙老神仙的次数也变多了。刚开始我多与这三个老头子来往，后来我们的茶会与酒席上，又多了一个颜真卿。

那年冬天，大雪封城，我常去张九龄先生府上做客，与散朝的九龄先生谈诗论艺，常常是陪他吃过了晚饭，喝下好几碗酒，才会微醺着由丞相府的后门走出来，满脑了都是九龄先生的音容笑貌、卓越学识、优雅风度。我大唐兴起百年，人文荟萃，人杰地灵，才会出现这样优渥从容的人物吧，学医当如孙老神仙，学道当如子虚道人还有吕洞宾先生，要是入朝做官的话，姚崇宋璟诸相之外，九龄先生就是楷模了，就是这样迎来送往尊上容下的俗事，他也能周旋得如此淡定雍容。

由朱雀大街出皇城朱雀门，左拐进入东市，我住在东市放生池边的悦来客栈。起更时分，宫城皇城中的皇家国戚达官贵人已然宴息，东西市却是灯火通明，人声鼎沸，北风如刀，冰天雪地，都无损这万丈软红的热闹分毫，好像由一段奇寒里，盛世鲜花着锦、烈火烹油的热烈才能真正地焕发出来。牛羊狗肉混合着西域的香料，在巷边的酒肆里蒸煮炙烤出热辣的香气。纸窗下食客们喝的是嫩绿的三勒浆、漆黑的龙膏酒、鲜红的葡萄酒、琥珀般的绍兴酒，风卷残云般，吃的是烧饼、胡饼、搭纳等风传天下的胡麻饼；往后是供食客们消食的歌舞坊，华阴老腔、碗碗腔、皮影，种种杂剧，霓裳舞衣曲，由外州县与西域来到京城讨生活的汉女与胡姬鲜衣靓衫、抵死作乐、挥汗如雨，引得众人兴发如狂；再往前走，就是闻名长安的妓院“百花谷”，院里灯火楼台，衣香鬓影，娇笑阵阵，妓女们燃起的沉水香的香气隐隐约约地散到街上，香气中又有婉转的歌声，令百花谷缥缈如同天宫。我听说那几年的百花谷，来自山西大同的袁嫦娥唱曲最为有名，婉转刚烈，柔媚清和，此曲只应天上有，人间能有几回闻，惜乎无缘得见得闻。在街前的空地上，裹在簇簇新的羊皮袄子中的马夫们点起木炭，为自己与马匹烤火御寒，笼着手，扯着闲话，不慌不忙等着去寻欢作乐的主人归来。我其实是喜欢看这些热闹的，由街坊“鸣锣三百下，夜市千灯照”的繁华里，会理解海岛上寂寞的可贵，可是你不由荒凉的海岛里逃出来的话，又如何能想象出此番万人如海的盛景？

由兴庆宫墙外的洪达巷拐到放生池，就可以看到放生池外的悦来客栈，飞檐下三层客舍，间间灯火通明，温暖如家，后来我在黄梁村兴建黄梁驿，就是仿的它的形制。巷子在东市边上，地处偏僻，行人也少，由坊街转到巷口，就觉得那些五光十色的繁华都转到了背后。巷内积雪未除，两边屋檐下，密密麻麻垂挂着粗大的冰溜。巷子上空裂出来的一线夜空，布满星斗，好像由这条巷子，这些星斗才可以在“千灯照”里显现出来。我甫一转入巷口，就觉得巷中雪光里夹杂着锐利的杀气，丝丝缕缕，迎面袭来，割向我酒意未消的温热的双颊。这些暗巷，是城里的野狗叼来骨头大快朵颐的地方，也是京城里的游侠儿舍命死斗的地方。生死由命，闲事莫问，我转身想走，忽然又觉得，袭到脸上的杀气并非一般的拳掌兵刃，而隐隐缠绕着凌雪阁秘术的阴寒。精通凌雪阁秘术的杀手多半来自凌雪阁，买动他们出手，所费也是以千两黄金计。他们要除灭的，也绝非奸恶之徒。而夹杂在阴寒杀气之中，与之缠斗的另外一股杀气，也并不太弱，刚直坚韧，席卷活跃，隐隐有一点书家挥毫的气势。我将身子贴到巷内的墙壁，心里决心已定，这个闲事我得管管了。

在洪达巷的中段，黑色紧身衣靠的杀手已经与一身绯衣的中年书生贴身缠斗在一起，杀手蒙着头脸，双手持着七八寸长的“吟光匕”，飞雪扯絮一般，条条刀光向书生奔涌，书生双手紧握的却是两根紫竹的毛笔长毫，亦是上下翻飞，毫不畏惧，点向杀手胸腹上的要穴。我自己在长安城的雪巷里走路醒酒，外面歌舞升平的时刻，这两个人在穷巷里闷声死斗大概已经有一个多时辰了，巷中的积雪上斑斑点点，如同梅花一样，溅满了血滴，腥热淋漓。看得出杀手武功稍胜一筹，已占上风，再过半个时辰，他的双匕终会洞穿绯衣书生的身体，控尽鲜血，令其僵卧在巷中的积雪里，由明天雪霁的朝晖照亮。这在长安，又算得了什么，暗夜里有多少人狂欢，就有多少人赴死，将命献祭给这个城。

中年书生硬气，明知武术不敌，一声朗吟，后退几步，双毫重新振作，不再拘泥于缠斗，而是前屈后引，左右支离，由技击一改为剑舞。我还以为是他以笔来御时下风行的公孙大娘剑舞的剑气，仔细去看，他依然是由书法里引出来的武功。如果之前，他的笔意是王羲之的小楷的话，现在的笔意却是来自大名鼎鼎的《张猛龙碑》：“君讳猛龙字神冏，南阳白水人也。其氏族分兴，源流所出……”笔随字走，潇洒古淡，奇正相生，风力危峭，气度庄严，只可惜书生习练不久，防守有余，而进击不足，假以时日琢磨，与剑道耦合，这一套“猛龙双剑”，一定会闻名天下、光耀剑宗。书生也知以此剑舞拒敌，心有余而力不足，脸上口鼻血沫吞吐，一身血肉模糊，早已将生死放到一边。他想的是，临死前，好好地仿一下自己心爱的帖，舞一舞自己心爱的笔，至于性命，就由这个鬼魅一样的蒙面客取去吧，牛头马面奈我何，最是一缕墨香难割舍！

那杀手耐性很好，久攻不下，才身形一竦，变招发力，猛攻“猛龙双剑”。只见巷中黑衣人人影一晃，一分为三，左右中布成三角箭头，六支“吟光匕”织成刀网，朝绯衣客合围而上。左边的黑衣人衣袖甫张，披头散发，如被狂风鼓荡，右边的黑衣人手引两股清泉，惊涛骇浪，仿佛凭空凿开了银河，中间黑衣人则包裹在一团烈火之中，金刚怒目，热浪炙人。“举杯邀明月，对影成三人！”正是凌雪阁“炎”“风”“水”三分秘术，移形换影，真假莫辨，分魂夺魄，发动绝杀，下一刻，即可令绯衣客中年书生血肉横飞，绞杀在阵中。

再不出手，更待何时。我背上借力，由巷壁弹射出来，拔足朝两人狂奔而去，来不及拔出腰下的断鬼笔，双手交互摘下雪巷两边垂下的冰凌，运起花间游内力，厥阴指，少明指，清风垂露，浮花浪蕊，二三尺长的冰凌一条接一条，鱼贯飞出，破风惊雷，好像在空中召集起来的鲸群，直奔黑衣人化出的“炎”“风”“水”三个分身。分身秘术虽然厉害，也因要支配诸多幻影，身影应接不灵，猝不及防之下，各自被冰凌插入身体，如同刺猬一般。黑衣人为冰凌所击，犹自不倒，我冲到三影身前，拔出断鬼笔分击三身胸口，黑衣人方才仆倒在雪地里，又三身合一，更见冰凌如麻，贯穿胸腹，只来得及数声痛号，杀手就热血喷涌，蒙着的脸朝下，抽搐着倒毙在雪地里。

“凌雪阁的宋飞果然难缠，他由范阳到长安，一路跟来，差一点就夺去我性命。在下颜真卿，谢过救命之恩。”绯衣书生死里逃生，稳住身形，向我揖手作礼，虽然生死间不容发，他一样淡泊宁静，不以为意，果然是一条好汉子。

待他洗净手脸，用白布裹好刀伤，我们在悦来客栈的前厅里吃饼喝酒，一碗西凤酒下肚，我们就成了刎颈之交的朋友，好像已经结识了很多年。江湖，烈酒，义气，热血男儿，久违了。

“平卢节度使安禄山造反。”放下雨过天青的酒杯，头上裹着白布的颜真卿平静地说。我听了也并不吃惊，九龄先生已经说过多次，说安禄山狼行虎顾，豺子野心，不早加剪除，必贻大患。当日安禄山伐契丹失利，右羽林大将军张守珪奏请朝廷将之斩首服罪，九龄先生也附议上奏：“穰苴出军，必斩庄贾；孙武行令，亦斩宫嫔。守珪军令若行，禄山不宜免死。”圣上却听从杨贵妃的意见，宽仁怀柔，抚慰胡夷，慨然将之放归。此后九龄先生常常叹息：“乱幽州者，必此胡也。”

“真卿兄由北方来，可曾得到安禄山谋反的证据？”

他点点头，由怀里取出来一只纸卷，纸卷在他的怀里，沾染有淡淡的道道血痕：“安禄山李林甫之所以雇凌雪阁杀手宋飞千里追杀我，就是为了这纸卷上的字。”

我接过尚有他体温的纸卷打开，上面伸拳踢腿，如小儿涂鸦一般写着两个大字："洗唐"。字体随心所欲，又穷凶极恶。我疑惑地问："难道真卿兄要圣上以字意来判定平卢节度使心中的反意吗？封疆大吏，国之爪牙，以莫须有定罪，何以服天下？"

颜真卿摇摇头，郑重地说："这是上月安禄山转任平卢节度使，在庆贺的酒宴上喝醉之后，写给手下诸将军明志的。安禄山这厮心中褊狭狠毒、唯我独尊，处事却巧言令色，投机取巧，特别是予圣上贵妃，以胡奴自居，体贴柔顺，卑躬屈膝，无所不用其极。年前他过生日，杨贵妃特意召安禄山进宫，替他这个'大儿子'举行洗三之礼。贵妃让人把安禄山当作婴孩放在大澡盆中，亲自为他洗澡，洗完澡后，又用锦绣料子特制的大襁褓，包裹住他黝黑精壮的身体，让宫女们把他放在一个彩轿上抬着，在后宫花园中颠来转去，口呼'禄儿、禄儿'嬉戏取乐。此事传出宫掖，一时朝廷内外无人不知安禄山得贵妃圣上恩宠，又与李林甫交游莫逆，是大唐第一有势力的人臣武将。但安禄山被杨贵妃如此'洗儿'，表面得意，心中却是视作奇耻大辱的，他幽州的家将部族，也颇为愤恨，觉得堂堂男儿，玩弄于妇人之手，成何体统。因此安禄山特别写出'洗唐'两字送给诸将，意思当然是，贵妃在澡盆里洗'禄儿'，我们就以天地为盆，以'洗唐'来孝敬这样花天酒地中的皇帝与贵妃吧。'洗唐'两字一出，席间即群情振奋，哄然叫好，河朔诸将、突厥旧部有了新的指望，一时斗拳呼卢，乱成一团，我悄悄在席间找了一张'洗唐'卷入怀里，一路由范阳赶回长安，就是想将这两个字给宰相李林甫看。可叹我在北地当差既久，糊涂至极，不知奸相与安禄山，为与杨国忠作对，早已暗地里钩搭成奸，安禄山酒醒之后，派人知会李林甫。李相派出宋飞追杀我，不眠不休，渡黄河，过太行秦岭，如入骨之蚶，如果不是宇轩兄出手相救，真卿早已肝脑涂地，去阴曹地府向太宗高宗武后哭诉去了。”

“他是要以鲜血来冲刷大唐的江山了。”我叹息道。我们两个人将字纸小心地卷起来，继续喝酒，只是觉得西凤酒如此之好，绵密凛冽，都去不掉在我们心里生出的寒意。安禄山之能干，座下爪牙之狠厉，我们都是明白的。他们造反决心已下，这眼前的盛世，怕是没得几个年头了。那天晚上，我将“断鬼笔”送给了颜真卿，这是我由侠客岛带来的神兵，长一尺，重十两，由金银铝锡集炼而成，笔杆用血色奇玉，如妖鬼之牙，笔前缨绒中有银片，可写字，也可对敌。笔是当年我父亲由东海海客云断鬼手中夺来、赠我的生日礼物，现在转赠给颜真卿，写字防身，修习他的名帖剑法，得其所哉。

第二天我将颜真卿引荐给九龄先生。九龄先生看着纸条上的两个字，眉头紧锁，沉思良久，却又卷成一簇，将纸条放到烛焰上，慢慢烧成飞灰。他对我跟真卿讲：“贵妃‘洗儿’恶作剧，已是我大唐的秽史，这‘洗唐’两字，心中能解，老夫又如何在朝堂上讲论？如今养虎成患，虎已归山，圣上就是下决心派兵剿灭，也是心有余而力不足，普天之下，又有何人可派，何人是此胡儿对手！你们去学打虎将，早做准备才是上策，盛世不长，乱世不短，治乱交替，此为天道，罢了，罢了。”所谓老成持国，就是这样的吧。九龄先生将颜真卿收留在府里，我们日常的宴游也变成了三个人。不久，九龄先生因弹劾李林甫，被贬南方。我心中积愤，也离开长安游历天下。真卿则由相府搬出来，官场失意，报国无门，只好寄身客栈练字抄魏碑，将满腹忠正之气，发泄在他的张猛龙碑帖里，慢慢地竟然在书法上有了名气，与隔壁武一郎的烧饼铺、百花谷袁嫦娥的床、梁王府王婆说媒的嘴一样，有了排队求索的回头客。

就像东海之中没有东王公，昆仑山中也没有西王母。我与王积薪是在昆仑山脚下结识的，他那时候才二十不到，青葱少年，风华正茂，比我小十余岁，骑着一头黑驴由苏州出来游历天下。他认为天下就是一盘棋，山川河流是棋路纵横，村落城市是棋子星罗棋布，世事无常如同行棋，不懂天下大势，哪里能懂棋势，不懂天地运行之气，又如何能懂棋局运转之气？我也是喜欢弈道的，也非常赞同他的想法。昆仑山在身后雪峰如铸，他在路边与一个痴和尚赌棋。痴和尚布下棋局名叫“四象数独”，棋盘四行四列，棋子有青龙、白虎、朱雀、玄武四种，繁复无比。痴和尚黑瘦精干，五短身材，目光如电，一派成竹在胸，坐在棋盘前面，好像是如来派出来下棋化缘的罗汉。棋局开始时，和尚熟悉棋局，稍有领先，不久就被王积薪追赶上来。几盘下地，痴和尚大汗淋漓，将僧衣浸透，先是输掉了褡裢中的百余两银子，王积薪将百余两银子返借给他，又被和尚输得精光。和尚犹自想赌，愿以他主持的小庙相抵押。我见不是事，由围观的人群里站出来，对和尚讲：“大师你出家人，小赌怡情，银钱本是身外之物。现在以佛祖的庙产来赌输赢，就掉进贪嗔痴的火宅了。”痴和尚听得面红耳赤，也不作声，站起来钻进人群走了。积薪见我多管闲事，一把将我扯住，要我赔他的银子与庙——说起来，现在我还欠积薪的一座和尚庙呢。我代替痴和尚给付了银子，代替他跟王积薪赌棋。我提议罢“四象数独”，回头用围棋。王积薪这小子眼睛瞪得溜圆：“老兄你可别犯糊涂啊，今日之大唐，下围棋能赢我王积薪的人，还在他娘的肚子里轮回呢。”我不理他，在棋盘上摆出“珍珑”棋局——父亲在侠客岛收藏有不少珍稀的棋谱，我其实记下不少。王积薪在“珍珑”棋局前坐了三天三夜，他骑来的黑驴在他身后，默默地看星星、啃青草，摇了三天的尾巴。第四天我去看他时，他胡子拉碴，一脸风尘，嘴唇苍白皲裂，语气虚弱地对我讲：“宇宙茫茫，星海无尽藏。弈道无穷，昆仑千万重，积薪有眼不识泰山，贪嗔成性，积习成癖，请宇轩兄赐教。”我哈哈一笑，拉他起来去还了痴和尚的银子，又许诺以侠客岛的棋谱相赠——这些棋谱终于等来了它们真正的主人，那些为这些名谱耗尽心血的弈道前辈们，也等来了他们真正的知音。后来的棋圣并非生下来就比别人强，只是天资好，进步快，一心一意做棋痴慢慢地将我们都超过了，又一个人往前走得太远。我们一起并辔回到长安，在一递一递的驿站里，下棋到天昏地暗，每一局棋好像都是一场比武、一个战局，一个对世界的领悟，一个盛世的缩影，悲欢离合、喜怒哀乐，尽在棋中。我们又由棋理研习武术，觉得棋道与武道一以贯之，气盛而棋术武术皆通，由我们翻阅的棋谱与发明的妙手里，可以发明无穷的拳法、掌法、剑法与刀法，在江湖上闻所未闻，而少林纯阳天策诸阵法剑法等，也可化入棋盘成为妙招，与后人讲论的文史互证一般，所谓棋武互证是也。我们又议论起南屏山天子峰的机甲棋阵，将机甲木人按棋理布置操引，神妙莫测，拒路人以门外，我父亲方乾为之已花费不少心血。王积薪听了，心中也是不胜向往之至，后来他果然常去天子峰，与李尧一道将棋道与工圣的机甲之术合并为赫赫有名的天子峰棋局。在黄沙戈壁绿洲里骑驴赶路，一路东来，驿路梅花桃花海棠蔷薇间谢，不知不觉间自春徂夏，两三个月就过去了，在驴背上望见长安城绿柳掩映的大明宫檐角的时候，我们已相交莫逆，情同手足。

一行和尚则比我要年长十好几岁，我听说他的时候，他已经是以俗名张遂天下知闻的有名工匠，谁家里要是有张遂攻治的一件木器，可比和田玉与合浦珠。可以拿去给崔卢王谢等名门世族做聘礼。他本来想一心一意做木匠、做机关，在皇宫后院的作坊里和心爱的木头度过一生，没承想武后杀掉了他妹妹一家人，他只好到嵩山的少林寺里做了和尚，庙里也是需要好木匠的，他雕出来的佛好像随时都可以走下木台来讲法。我去少林寺的时候，方丈渡如老和尚知道我喜欢木工，带我看木人巷，说是新来寺中的一行和尚修的。我去看这个一行和尚挂单的小院，他已经完全将院子弄成了一个机关，如果院里供的如来佛想半夜出去一趟，解手方便，或翻墙吃个佛跳墙什么的，回头也会迷路的。我请渡如方丈引荐我与一行和尚结识，渡如摇摇头："你只要能走到他的方丈室里，他自己就会移座与你喝茶讲论。"渡如走后，我一个人站在小庙前，犹豫半晌，准备硬着头皮闯进去，结果推开庙门走进影壁后的回廊，在重重碑影与廊柱间，在三五个大同小异的平常小院里，在粗壮的松柏中间，我不知不觉走到天黑，嵩山上星斗如海，北风鼓琴一般奏出阵阵松涛，我心急如焚，还是没能找到藏在灯影中的方丈室，想来"鬼打墙"也莫过如此。"庙小乾坤大"，在螺蛳壳里做成真道场，通过宫室、廊柱、松柏更改方位，也更改时序，一行鬼斧神工，真不愧是当今鲁班再世的工圣！诸葛孔明在长江边用几堆石头就拦下了乘胜进击的陆逊，看样子，一行大师是要以几堵墙让我知难而退。我按捺住心头的焦躁，重新回到影壁后，坐在败绳破瓮的水井边凝神细想，发现井边的老桃树下隐约系着一条红线，红线蜿蜒，离开树根伸展向前，我沿着这一条绵绵不断的红线，左绕另转，才在起更时分见到一行。他一脸温和的笑，对着佛桌上的油灯，说已经备好清茶与斋饭，等候我很久了。一行和尚性情温和，佛法也深湛，我没有向渡如方丈求教武功，倒是向一行和尚请教了一个多月的机关术与佛法才离去。他说佛是由木头凿的，木头是佛，佛即木头，他还说经文就是机关，机关也是经文，你去读《楞严经》《法华经》，文字如砖石筑成宫室，你能登堂入室否？不能醒悟的话，去钻一钻武陵山的山洞，走一走黄山中的山道，或者来我这个小庙里，转一转我的迷宫，也是一样。我当即心里就想，有一天，也许可以请他到侠客岛，或者别的什么地方，也做一座这样神秘莫测的屋宇，不是用来供佛，而屋宇本身就是佛法，佛法就是武学。

转眼我就在中原上游荡有七八年了，满脸胡须，来到而立之年，无家无业。和父亲他当年的游历不一样，他是来中原比武的，见一个人就约人家出来切磋武术，在刀刃上见真章，所以他没有什么朋友，他与剑圣交手多次，算是最熟的一个了，武道方面，两人默契很多，互相敬重，但人情上，也算不上朋友。我不一样，我喜欢结识不同的人，为此甚至是稍稍远离江湖的同道，技艺、医道、武道都是无穷无尽的，有一天，如果能够将这些天生异禀、刻苦研习的人聚集到一起，会不会产生更大的奇迹呢？

除了与这些好友诗酒往来，以义相待之外，我与父亲不同的地方，是我没有与中原的女人们产生瓜葛，并不是我没有被她们吸引，中原的女子容色之好、知书达礼，并不比海岛上的女人差，相比于海岛女子的坚毅刚强，她们温柔体贴，柔情如水。后来我自己反省，我觉得原因有两个，一是父亲当年与魔刹罗的交往给我留下了阴影，一想到母亲强忍着悲伤眼泪的神色，我就觉得心里不是滋味。另外一个原因，我觉得是我自己，其实并未忘情于碧玲，如果她不是出生在海岛上，是我已经出离的生活的一部分，我一定会狂热地爱上她。她天真无邪，美艳不可方物。不近女色的好处，是我能够集中心力于技艺和武道，这七八年，反而是我自己功力长进最快的几年，我觉得，我再也不是那个天下第一的方乾的“儿子”，我有了自己的生活，自己的武功，其实已经到了能与他一较高低的地步。有时候，我甚至想去拜访一下剑圣，这个念头很快被我压制下来，我反复提醒我自己，我离开海岛来到中原，并不是为了比武，为了争天下第一，为了去寻找另外一个女人的……

我到底为什么来中原呢？随着年岁渐长，我反复问我自己这个问题，仅仅是为了与父亲“不一样”吗？难道我小心翼翼地规避他的生活，做出跟他不一样的选择，我的人生就会有意义吗？

直到有一天，我由长安向南，由风陵渡渡过黄河，进入终南山，在一个叫黄梁村的地方，听到村民提起万花谷。我沿着猎户打猎的小道翻过层层高山，发现这一片由湖泊与溪流滋养的谷地，草木繁盛，鸟兽成群，在周围莲花一般的山峰簇拥下，自生自灭，不与外界交通，俨然另一个桃花源。我惊喜地向谷中走去，在湖边发现了一个六七岁的穿着云南六诏服饰的小姑娘，在用木桶提水浇园，累了，就由草地上捡起一根金色的笛子呜呜地吹，那笛子似金似玉，名贵非凡，出自云南大理，据说是用龙鳞刻成。小姑娘看到我有一点吃惊，连忙举着笛子，带我绕湖走到一个小木屋前，一棵枫杨树下，一个老头子正撩起黑袍举着斧头劈柴。

小姑娘高兴地喊他："方爷爷，来了一个跟你长得很像的黑胡子叔叔，我猜是你弟弟！"

没想到离开海岛八年后，我在一片荒谷里，又见到了父亲。

母亲终究是放心不下，让他再入中原打听我的消息。"要是你再去找那个魔刹罗，你就留在南疆不要回来了。"临行前母亲还特别说。早年他往来中原，常到这片谷地歇脚，他说湖边有一棵活了千万年的生死树，荟萃着谷地中的灵气，是可以在树下修习内力的。在立起茅屋之前，他常在那棵生死树上过夜。所以说起来，万花谷还是他最先发现的，我只是冥冥之中，凭着父子之间微妙的感应找到了这里。

那一天晚饭后，我们顶着一天的繁星，沿着清溪在谷地里散步。这是自我出生三十年来，我们父子俩第一次竟夜长谈。这个世界上，父子之间，也许是最熟悉的陌生人。他讲他幼年时刻苦练武，青年时候闯荡江湖，少林寺挑战渡如和尚，去苗疆寻找"飞景剑"，与魔刹罗之间爱恨交织的情缘，向剑圣拓跋思南发起的挑战。他说："我之所以输给他半招，是因为他的人生中只有剑，他自己就是剑。而我，却拥有我自己都无法穷尽的人生。我得不到的，只是天下剑术第一。”我听了，只是点头微笑，但我心里已经不是这样想的，我已经有了江湖阅历，不再是当年听着母亲讲他的英雄故事的那个孩子了，琴棋书画，医学武学，我们在海岛一隅样样精通，但没有哪一项我们能说得上天下第一。我的那些长安城内外的朋友，颜真卿、王积薪、孙思邈，他们才是，他们在每一种技艺上修成的“道”，都将令他们名垂千古，他们的成就也会荣耀这个盛唐。

“我将飞景剑与攻克剑圣的剑谱都留在了南屏山，你去过南屏山吗？愿意去研习这些剑法吗？”他问得轻描淡写，但我知道，他是在意的，他在心底期待我回答“愿意”：儿子继承父亲的衣钵，向父亲不能战胜的敌人挑战，会比父亲本人的胜利更胜一筹。

我去过南屏山，是啊，一个人如果不能理解他的父亲，他又如何能了解他自己，天子峰是父亲心目中的圣山。那一年，他三十七岁，拓跋思南二十四岁。江湖传闻是方乾与拓跋思南遥驻峰顶，白衣如雪，拔剑相视，由日出时朝暾浴峰到日暮时彩霞铺地，当长庚星由西边的余晖沉紫中跳闪出来的时候，方乾堪堪出剑，以半招负给其剑后发先至的年轻剑圣，所以江湖上由此故老相传的是：“用剑宁慢不快，后发制人”。我爬上天子峰，正是秋风浩荡、万物萧瑟的时节，长长的白茅封住方宇谦隐修的洞穴，一灯、一剑、一席、一被，他长发披拂，胡须如麻，当年与我一起在蓬莱岛上玩耍的孩子，俨然已是南屏山中的大隐士，若论起剑法，他大概也是绝世的好手了。谈及当年他的主人与剑圣的“天子峰决战”，方宇谦的眼睛里奇光大盛，好像二十年前的剑光，一直沉积在他的眼底，如同千万柄吴钩埋在虎丘的剑池。“他们在这山洞前的空地上，花掉七天七夜，进行了五场比试，分别是兵法、棋术、武学、轻功、武试。兵法与棋术，你天下第一奇男子的父亲，自然是无人能敌，但武学与轻功，却又不及刚刚出道的年轻剑圣，特别是剑法，剑圣杀人之剑以天、活人之剑以道、慑人之剑以魔、服人之剑以圣，分别与冬、春、秋、夏对应，与北、东、西、南对应，得宇宙之微，参天地之变，天道魔圣，出入其中，能变幻无穷，又归于一，定于无。你父亲的剑法武学来自蓬莱武库，怪特奇学，蔚然可观，渐渐地由渐入顿，超凡入圣，当然也是天下一等一的武学，但与西来的剑圣相比，拘泥于方位之东、四季之春、中州之海，稍有偏颇，因此不如剑圣武学圆融无际，太极之无极，天外之有天。两人四试战成平手，自然就是以第五试‘武试’来定胜负。武学轻功之试后，你父亲心中已经明白，他可能不会是年轻剑圣的对手，唯一的希望，就是他游历江湖、经验老成，可胜之以‘德’，可是，宇轩少爷！剑法中，守成之‘德’如何能胜开创之‘道’！所以主人等到夕阳西下，太阳落入山脊线时一瞬出剑，他的剑是在海上练成的，动荡不息，缥缈无涯，波光淋漓，极于变；剑圣回击，他是在草原、雪山、湖泊、群山中练成的剑，极于中庸，以不变应万变。两剑相交，胜负已判，主人输去半招，其实不枉的。之后，主人心犹不甘，又约剑圣比剑天子峰，世人不知，他们比剑共有七次之多，每一次，都以主人认输告终，最后一次，主人甚至都未举剑，为剑圣剑气所迫，即长叹一声，向剑圣作揖告败。”方宇谦的这一番话，当是为我酝酿好久，其中的武学至理，有他自己闭门精研二十余年的体会，自是无比珍贵。

父亲与剑圣的七次比剑，我却是第一次听说。如果是少年时代，我知道父亲被年轻的剑圣打败七次，一定会非常羞愧、沮丧，愿意以血来清洗这种“羞耻”，但是那天我听到，心里却对父亲感佩不已，七次求败，足见他一代大宗师的胸怀，武道至道，闻道必有先后，七次求教剑圣，屡败屡战，了不起。他将方宇谦留在南屏山，也是要将自己的影子留在南屏山吧，宇谦在那里自己研习剑法，等待着二十年后我的访问。我抬头看着父亲，他的眼睛里有与方宇谦一样炽热的光芒。我深吸一口气，对他说：

“我不愿意。”

“你有机会打败拓跋思南的。”

“不，我也没有办法战胜他。”

父亲沉默了，好半天都没说话。我们快走进三星望月的时候，他才淡淡地说：“你也可以回到侠客岛，继承我的衣钵，我知道你的武功已经大进了。你觉得侠客岛太小，回蓬莱也是可以的。”

如果小时候，我听到他这样表扬，会高兴得好几天都睡不着。但现在，已经不一样了。我回绝了他，心中一块石头落地。母亲在侠客岛听到，也会微笑着赞同我的。

“父亲，我会成为我自己。我想在这片山谷里住下来，我已经想好了这片山谷的名字，就叫万花谷，我会邀请积薪、真卿他们一道，隐居在这里，我们一起向学修道，互相鼓励，我们也会邀请更多的能人异士进来，培育有才干的弟子。更多的人自由而逍遥地生活在一起，发现并创造他们自己，就可能创造出真正的奇迹。”好像是随口说出来，又好像是自然而然，水到渠成。

父亲问："什么是'真正的奇迹'？"

我想了想，说："孟子讲为人的境界有四，分别是美、大、圣、神，充实为美，有光辉谓之大，大而化之谓之圣，圣而不可知谓之神。我们而今有书圣、画圣、药圣、剑圣，合而为一，说不定可以自然而然地有'神'，这就是真正的奇迹。"

父亲何等聪明的人，听了，只是叹了一口气，点点头："以后你母亲和我来找你，也有一个地方，不必太劳神。宇轩，我与她都老了。父母在，不远游，游必有方。你到中原来，我赞同的，现在有这么一个地方，我也放心，你好自为之吧。"

我们由今日的三星望月折返，回到湖边的小木屋，小女孩迷糊着睡眼来给我们开门。

"她是曲云吗？"我问父亲。

他说："曲云十五岁了，在扬州忆盈楼七秀坊，比她要大很多。她名叫宇晴，我过扬州，由十三连环坞的寨子里将她救出来的，你让她也留在你的万花谷吧，这孩子喜欢花花朵朵，不出十年，就能将你这个谷培植成一个花园。"

第二天他就返回了侠客岛，将露水涟涟的万花谷跟同样泪水涟涟的宇晴留给了我。他老了，一头白发，我觉得他不太可能绕道去苗疆。

多年父子成兄弟，那一个星光垂注的晚上的交谈之后，我们的隔阂消除掉了，就像移走了一片山，消除了一坡雾，化掉了一湖冰。

世上从此有了万花谷。

四

刑天就是万花谷的“神”，万花谷的“奇迹”？稍后刑天打败几位少年，东方宇轩与万花七圣们掩面退走，会将这一片美丽的谷地留给它们？木人造出更多的木人，它们，他们？在晴昼海、落星湖、三星望月的晴天丽日之下嬉戏，他们会下棋品茗，饮酒弹琴，修习武道吗？能选出自己的万花七圣？他们会义结金兰、卿卿我我？不求独避风雨外，只笑桃源非梦中？他们是天使还是修罗？刑天他们的木人谷是种花养草的木人之家，还是杀伐征战的恶魔之乡？

这边东方宇轩回忆，方乾闷坐，吴耕藏身在大枫杨树后。水月宫前的空气近乎凝结，好像有一座冰山突然从天而降，堵塞在众人面前。袁安、李离、上官星雨三人的考试，五场已负两场，余下的三场必须全力争胜。大家心里明白，这是不可能完成的任务。并非这三位学弟学妹学业不精，换作他们上场，面对无所不能的刑天，也没有胜算。人定胜天，反过来，天定亦可胜诸人。如果仅仅是他们三人的考试也就罢了，这一场考试又关联着万花谷的关张。弟子们心悬到了嗓子，饶是子虚道人、乌有先生两位渡尽劫波、百岁开外的老人，心里也直打鼓，难道十年万花谷，授业传道解惑，技进乎道，并不是要培育出超凡入圣的佳子弟，而是为了迎接这个木人的降世？乱世将临，人命惟危，血海肉泥，贱如粪土，万花谷更改为木人谷，培植出机甲的大军，当其时哉？

颜真卿的题目已经拟出来了：三星斜月洞，猜一个字，写在宣纸上。当今的书圣一脸沉静，端坐如山，气度森严，哪里还有在仙迹岩课徒时，由弟子们戏弄的迂夫子模样？袁安、上官星雨、李离三人与刑天鱼贯而入，走进水月宫大门。这一回，曾天河将他们引入一、二号两个房间，并将房号标在宣纸上，字写完后，曾天河将卷子传出来，袁安三人与刑天在房中等候。

“除非刑天的眼睛能透过这一层木壁。”上官星雨吐着舌头。李离神情有一些沮丧：“谁知道呢！之前我觉得刑天学着做人，学成了，也就是一个人罢了，现在我觉得它就是一个魔，它已经将无数人的心血合在一起了。袁安兄你心思定得下来，我与星雨在你左右挡着，这个字，你来写！”袁安点头同意，将墨块拿起来，慢慢地磨，写好这个字，他大概花掉了半个时辰，却有一大半的时间，都在磨墨，颜真卿师父的歙砚温润如玉，徽州的古墨软硬适度，研磨起来如大海潮生潮落，夏天的雨脚掠过长安城的屋顶。刑天在隔壁的房间里正襟危坐，它听得到我们磨墨的声音吧？它会着急吗？它会慌张吗？它脑海中的龙甲上刻有藏书部里收集到的所有字帖，会有一个字在它由龙甲刻成的繁复无比又高速运转的头脑里，慢慢地生长出来，让它觉得惊喜愉快，然后心思一动，取笔、蘸墨，将这个美妙的字写到宣纸上吗？它真的已经变成人了吗？

曾天河将标有一、二数字的宣纸卷子捧出来的时候，额头上汗珠闪闪，脚下一绊，差一点在门槛上摔了一跤，可是众人已经没有笑话他的心情了。颜真卿将两张生宣铺展在案上，请诸圣与客卿来看。没错，两个斗大的“心”字，写得粗黑，皆用楷法。颜真卿请子虚道人、乌有先生两位客卿来评定。子虚道人凝神片刻，说道：“三点如三星，三星是过去、现在、未来，斜月一钩是时间如箭，如露如梦又如电。一卷精微细密，却不如二卷朴实有情，深得禅意。”乌有先生也赞同二卷：“我倒觉得三星是天、地、人。天行健，这一点应雄强。地势坤，这一点应浑厚，人在其中，这一点应奋发。斜月为钩，潜龙在渊，飞龙在天，亢龙有悔。二卷知悔，一个‘悔’字，境界乃出。妙哉此心，真卿兄出得好题目。”

不用再去分辨是谁谁谁的字了，尽心尽意，尽我们所能吧！颜真卿、司徒一一也同意二位老人裁示。颜真卿吩咐曾天河，放二号房的“书圣”出来。

屏声静气中，水月宫门打开，袁安、上官星雨、李离三人忐忑不安地手拉手走出来，迎接着众人的欢呼。朴实有情，亢龙知悔，颜真卿脸上不动如山，心里却是心花怒放，这三个家伙，以后我得好好教他们写字，也让他们练练张猛龙碑。

可是，这短促的欢呼之后，后面两场能侥幸得胜吗？一边司徒一一已经将刑天拉了过去。刑天一张弓一样，弯曲在身材矮小的司徒一一面前。掩藏在司徒一一眼中的火点终于暴突出来：“我是没有给你做‘心’，但你知道心字的起码一万种写法吧！你要用心！”司徒一一回手指向自己的胸口，一脸怒色。刑天紧握着双拳，手背上还有未干的墨迹。

第四试不用进水月宫的考场了。王积薪站起身，命弟子在水月宫前空地上布下草席，置放棋于棋盘。袁安、李离、上官星雨三人在南，李离居中间，袁安、上官星雨分别在他左右手边。北边是刑天，它盘腿坐下的时候，无声无息，身量比诸位站着观棋的弟子还要高。这无心的木人，清醒，冷静，刻记的棋局数以万计。王积薪心里暗暗想，要是让我重回到年轻的时候，与痴和尚赌棋，与东方宇轩赌棋，都不在话下，但我坐在这个木人面前，心里会发寒的。

大唐盛世，智者如云，弈家第一。

双方猜先，刑天执黑先行。

布局十数手下来，盘中格局已成，明眼人看出来了，正是棋圣王积薪数年前，在巴蜀道上、邮亭清溪边，星夜听棋，得到的“媪妇谱”。

“此曲只应天上有，人间能得几回闻”。诗讲的是琴曲，实则“媪妇谱”也是如此吧，王积薪精研古今名局，此谱得之偶然，着着仙气飘飘，实为天授。正是为解此谱，王积薪才随好友东方宇轩移居万花谷，希望能够举全谷之力，克服仙凡之路，尽人力，听天命。

莫非刑天钻研棋谱之后，已经得到了解法？所以它胸有成竹，执黑先行，便有意将棋局导向“媪妇谱”？袁安、上官星雨、李离三人岂会不识此谱，为何被它引导，朝此谱前进？莫非三人心智已为它所迷，堕入刑天的谋划之中？诸弟子引颈观战，心中百思不得其解，只觉此局往后，三位学弟学妹是凶多吉少了。

司徒一一目光灼灼，观棋不语。

子虚道人、乌有先生、王积薪三人却是心头狂喜。他们三人知道这几个孩子之所以能进入万花因秘道，来到万花谷，皆因在黄梁村天时地利、因缘附会，胡冲乱撞触碰天机，方才解开“媪妇谱”，得由子虚、乌有、宇晴三位师父接引入谷。入谷之后，王积薪自冬至春，废寝忘食，十数次与袁安、李离、上官星雨讨教此谱，演练亿万可能，确定当初他们误撞的四手，实是颠扑不破的妙手，黑棋白棋转换的关键。天可怜见，王积薪还未将这些妙手写成棋谱，藏入图部，刑天因此也无缘得见。司徒一一也并不知道，三位少年棋艺虽则平平，但是在“媪妇谱”上，却是有通天彻地之能！

好像又回到了那个白雪皑皑的明月夜，回到枯干虬劲的榆树顶上，李离脸上波澜不惊，夹着白棋的右手食指与中指却在抖动，他感觉到，星雨的手将他的左胳膊拽得紧紧，袁安的手颤动着放到他的肩上。刑天气息平稳，神情平和，黑一、二、三……一直到第十八手，都依谱施为，李离白一、二、三……也依谱因应。三十六手是巴蜀媪妇所传，余下三十六手是王积薪所为，谱上也已载明，黑白双方，继续照准着子，眼见盘中黑白双龙盘曲苦斗到一起，围观的弟子，未读过媪妇谱的自是看得风云变色，读过的已知旧谱将尽，棋枰左下方刀光剑影、霍霍杀气，就要迸发出来。

第七十三手，沉思良久，刑天执黑，缓缓在东五南九放一子，正是当日李离指挥子虚道人的下法。

李离去看袁安与上官星雨，见两人目光坚毅，暗自点头，遂不假思索，东五南十二因应白棋，正是当日吴耕一着镇虎头的废棋。

刑天挺直上身，眼珠凝定，陷入了长思。李离等人竖耳细听，都可听到它庞大的头脑里，数百片龙甲轧轧转动的细微声响，绯玉的红光隐隐由木片雕刻的面容后面透射出来。原来木人思考时是这个样子啊，它虽然不会出汗，但是也会发热，热气逼人。

西八南十。大概过了一两炷香的工夫，刑天布子，恰恰是当初上官星雨指挥子虚道人的着法，反过来将白棋陷入重重劫难。

西九南十！李离不待刑天回手，就按袁安的办法，下出了那一着“一子解双征”，将白棋救出绝境，以退为进，挥师中原！

龙甲转动的声音更响了，真是不知道司徒一一是如何安排下这些载满蝌蚪符咒的甲片如此飞速地转动的，驱动它们转动的动力又从何而来！有人讲，是司徒一一将自己的心血刺破，滴入龙甲；又有人说，是他偷偷摄取了弟子的生魂；还有人讲，是司徒一一在万花因的深处，发现了亿万年之前的玄铁块；也有人说，有心血，有生魂，又有玄铁块，再加上一行和尚的胎藏术与金刚术，缺一不可……这样的转动，让刑天的头顶红光闪闪，两只眼睛好像要熔化成汁水滴落一般，刚才平静的面容扭曲得怕人，挺直的身躯也因此晃动起来。

李离、上官星雨、袁安只觉得对面刑天热浪滚流，烤得三人汗流浃背，饶是如此，三人也不敢有丝毫松懈，盯着刑天，镇定无畏。

半个时辰的长思。刑天右手僵直地伸入棋盒，拈起黑子，待放入棋盘，又停了下来，手指抖动不已，指间的红光与热浪已冲开木质的肌肤，直射到棋盘上，它身下的棋盘与它的手指，顿时青烟缭绕，点点细火，勃然而兴，烧出檀木好闻的香气，袅袅香气之中，犹有龙甲发热隐隐的焦臭味。

司徒一一由座位上跳起来，飞奔过去，用自己的袍角捂灭了刑天指尖上的火苗，回过头，一脸阴沉，夹着浓重的川腔对颜真卿说：“格老子，第四局，刑天败。”

第六章 桃源记

一

世上从此有了万花谷。

也有了来万花谷的路。

宇晴果然是一个勤快的丫头，第二天就擦干了眼泪，在落星湖边开始了她的种花大业。她先是由谷中寻找奇花异草，分门别类重新栽种到一起，慢慢地，就以万花谷为中心，扩展到谷外去觅花寻草了。好几年，我都被这小丫头拖着，去附近的村落、乡镇、城市，央求人家赏我们一包种子、一把树苗、几根扦插的枝条，桃李梅杏芭蕉栀子也好，木槿海棠紫薇木兰也好，只要小姑娘看中，就痴痴走不动路，好像长安城里的孩子看见烧饼果子西域把戏似的。她一脸楚楚可怜、泫然欲泣的样子，谁能忍心不给呢，何况后面还跟着我这个带着剑、一脸严肃的大侠客老黄？实在是遇到个难缠的吝啬的，我们就找到旅店住下来，晚上悄悄去“不告而取”。书上讲日攘一鸡，我们是日攘一花。宇晴说这不算偷，种花人偷花，算什么偷？我最苦恼的，倒不是偷盗什么的，而是惊吓到那些乡下的狗，它们听到一点动静就拼命狂吠，带动全村镇的狗与鸡一起叫唤。遇到这种情形，我只好运起花间游内力，将手里捏着柿子板栗梨枣的六诏流亡小公主扛到肩上，大步流星，在村里人挥锄拿扁担捉强盗的呼声里仓皇逃走，唉，哪里有一点侠客岛少主与万花谷谷主的样子！

比较起来，我更愿意带宇晴去长安与洛阳的御花园“不告而取”，将皇宫的护卫们点中穴道，摆在回廊里安睡，宇晴就可以提着她的小铲子满园去乱逛，闻闻、嗅嗅、品品、尝尝，看中什么就挖一点什么，然后装到麻袋里，命令我扛回万花谷去。所以我们这万花谷里的花树，总有一大半的品种是由长安、洛阳的御花园里移来的，有着纯正的皇家血统，就像那些在朝廷做过官，又来隐居万花谷的人，这些花树也算是隐士。

比如我们万花谷的牡丹，多半就是由长安兴庆池边皇上的御花园里挖到的。暮春时节，兴庆池边的百花亭外，千万株牡丹开放成花海，明月之夜，蜜蜂与彩蝶犹不然散去。其时皇帝刚刚将杨玉环迎娶进宫，晚膳之后，即携着佳人到百花亭赏花观月，杨玉环二十出头的年纪，国色天香，明艳不可方物，果然是我们这个盛世的一朵“牡丹”。皇帝将翰林李白承旨所作的新诗念给她听：“云想衣裳花想容，春风拂槛露华浓。若非群玉山头见，会向瑶台月下逢。”“一枝红艳露凝香，云雨巫山枉断肠。借问汉宫谁得似，可怜飞燕倚新妆。”“名花倾国两相欢，长得君王带笑看。解释春风无限恨，沉香亭北倚阑干。”诗都写得好，恰如其分，名花、美人、君王、名诗，将这四美聚集在兴庆池边，不知要经过多少年的造化，我与宇晴能够目睹这些，当然也是因缘际会，妙不可言。宇晴小女孩子家，除了自己爱照镜子，描眉贴花黄，看美人的兴致比我更胜一筹，常常趴地上，托着腮，在牡丹花丛里眺望着杨玉环发呆："闭月羞花这四个字，用来形容她长得好，太恰当了，一定也不俗气！只是这云雨巫山枉断肠是什么意思，宇轩哥哥你快跟我讲讲……"怎么讲……随即皇上搭在杨玉环腰间的手也变得不安分起来，我只好捂住宇晴的眼睛，带着她和她装花苗的大麻袋，壁虎一般由花丛中游出来，由皇帝与贵妃的瑶台月下行乐图里告退。说起来，我倒是更想结识一下翰林李白，其时他由安陆来到长安，长歌门的剑仙诗仙李白大红大紫，气音剑三合之术独步天下，交往陆羽、张若虚、杜甫、王维、张巡等一时俊杰，调教杨逸飞、凤息颜、韩非池等佳子弟，惜乎我请九龄先生引荐，却机缘不巧，很难遇到他云游回来的机会，难以遂愿。

宇晴又命我东去扬州，西去敦煌，南下广州，北上幽州，去采集她在《南方草木状》《齐民要术》《神农本草经》等种树书、本草集上看到的奇花异草。有一段时间，她迷上了《山海经》，我差不多花了半年的时间，才向她证明，《山海经》上讲到的人与动物是没有的，花与草也是没有的，仙女与妖怪也是没有的，我们能种出一个人间大花园，但是造不出王母娘娘的瑶池。

万花谷终于变成了名副其实的万花谷。也就是五六年的工夫，宇晴就将从前一派原始的谷地变成了美丽的丛林，生死树领着种种原生的大树蔚然挺立，移来的累累花草相间其中，蒲苇莲芡有江湖之思，椅桐桧柏有山林之气，奇花美草有京洛之态，鸟兽鱼虫有自然之乐，这样，万花谷被宇晴由一个荒谷，改变为一个生气勃勃的林园，我们也越来越喜爱这一个地方，在心里将它当作我们的家。

我在长安与各地的朋友，也爱上了这个世外桃源。长安日以远，秦岭多神仙。孙思邈老神仙搬来了，他喜欢谷中清新的空气与种种草药。接着是子虚道人与乌有先生，他们两个老头子说这个地方的风水是金盆游鲤，左青龙右白虎，有很好的“龙穴地”，死了要埋在这里，而不要去乐游原寻晦气。真卿、积薪也来了，真卿说好字就是在这样的山谷里风土里养出来的，积薪说这里的星空比长安看得更清楚，摘星楼是一个观星的好地方，他以前觉得山川如棋，现在又觉得棋局与星空有隐秘的联系。我特别去将僧一行由嵩山的少林寺里请来，这个还要感谢渡如方丈，出家人嘛，万事随缘，反正他们的木人巷也造好了。一行和尚在万花谷里造起亭台楼阁，他与后来入谷的司徒一一一起，领着我们慢慢接引进来的弟子们，一砖一瓦，又将宇晴与我种出的林园变成了匠心独具的园林。最后我们将画圣林白轩与琴圣苏雨鸾这对贤伉俪也请到谷里来了，雨鸾其时不堪皇帝的骚扰，白轩也厌倦了宫中画花描鸟的生活，宁愿到万花谷中来抚琴画图，课徒生子，优游度日。至此，他们万花七圣，三位客卿，算是各归其位，除了极少数由万花因秘道闯进来的访客，七圣客卿们接引的弟子与引介的朋友，也陆续来了二三百人，一起隐居在万花谷内。万花谷不再是我与宇晴两个人相依为命、父亲偶尔来探看的小家，而是几百个奇人异士的大家。

慢慢地，我们万花谷，在江湖上也有了一点名气，有朋友去过身毒、阿拉伯、欧罗巴，由西域游历回来，跟我讲，我们这个万花谷，像阿拉伯帝国治下巴格达大城中的“智慧馆”，比长安的国子监要好，国子监的那些儒生只知道子曰诗云，迂腐无趣。我倒没有将万花谷与智慧馆比，与国子监比，我心中比拟的是蓬莱岛与侠客岛。将万花谷连接在一起的，一是朋友之义，一是对技艺的“道”的探索，这个跟以祖宗的灵牌与“天下第一”的妄念维持起来的两个海岛，是不同的。有时候，我站在觅星殿的窗下，俯看着谷上的星空与谷中的点点灯火，心里会想，父亲他重返万花谷，看一看他当年歇脚的一个树洞，而今变成了这个样子，他心里作何感想？当然，这种念头一闪而逝，我发现，我已经并不是特别在意他对我的评定了。

他发现了万花谷，将之作为歇脚之地。但是我们将万花谷亲手建成为桃花源。

不，不仅是桃花源，它还面向着未来，是大唐触碰未来的钥匙。

的确，我们并没有在良辰美景中荒废岁月，这一点，与陶渊明梦想在桃花源里隐居避世，还是有一些区别的。我们技进乎道，宇宙之道是由技艺的修习里领悟出来的，所以我们都赞成修身修艺以俟道，并不赞同前贤老聃与庄周所推许的“绝圣弃智”，抱残守缺，碌碌无为。这些年，孙思邈老神仙已编完了他的《千金方》，他将历代与各地的医术荟萃在一起，认为人的身体与天地万物是联系的，明白了阴阳五行的道理后，起死回生与长生不老，并非难事。他又发明由清心静气、碧水滔天、春泥护花、清风垂露、花语酥心、星楼月影、水月无间七境组合的养心诀，推导出一天（握针），二地（局针），三人（提针），四时（锋针），五音（彼针），六律（利针），七星（毫针），八风（长针），九野（大针）诸“太素九针”，源于黄帝内经中的：“余闻九针于夫子，众多博大矣，余犹不能寤，敢问九针焉生，何因而有名？岐伯曰：九针者，天地之大数也，始于一而终于九。故曰：一以法天，二以法地，三以法人，四以法时，五以法音，六以法律，七以法星，八以法风，九以法野。”并推导出以手三阴经、手三阳经、足三阳经、足三阴经十二经脉为依归的“点穴戳脉”术，至此，老神仙的医术武学可谓大备矣。颜真卿将之前钟太傅王逸少的骨气与本朝欧阳询虞世南的体势结合起来，他的书学已经达到了雄奇庄严的境界，常常有黄梁村、会仙集的乡下人来求他抄写墓志，说他的字刻上碑，可以防妖驱鬼。王积薪的棋术，已由万千古谱中化形而出，可以御真龙往四海，我与他对弈的时候，觉得我们好像是东海与南海的龙王，在晴空星海里嬉游似的。僧一行与司徒一一的匠作机关术，也达到了惊天地泣鬼神的地步，我觉得龙王想修龙宫，阎王想修地狱，玉帝想修金殿，当今的皇帝想修明堂，恐怕都得来请他们两个去掌作。就是子虚道人与乌有先生，他们本来是来谷中安度晚年的，子虚道人在内丹术、乌有先生在经脉学上都登峰造极。与孙老神仙一起，他们三老已深深了解宇宙造化、天地运行、治乱气运，简直就是活在地上的“三清”。前年，“三清”推算天下大势，言之凿凿地讲大唐的盛世已到了尽头，万花谷何去何从？不得而知。再厉害的“三清”，也只能是尽人事听天命，算归算，做归做。

林白轩在谷中“悟水”，由翻滚的溪水里悟到了水的新的画法，他画的山水有神，已超过其师吴道子。苏雨鸾姑娘，她大概是“悟月”吧，她能够将月亮在水流中徘徊的样子以古琴弹奏出来，五十弦叮咚缠绵，一柱一弦，都是华年，这种悲欣交集的境界，是从前蔡文姬在《胡笳十八拍》里面做不到的。至于宇晴，由草木之形，到草木之味，到草木之道，她已经领悟得太多了，她常常向孙老神仙抱怨，说草木就是草木，它并不是用来给人治病的，有一天，宇晴变成花神木妖，我都不会太奇怪。或者，她本来就是花神转世吧。前几天，她还悄悄告诉我，她已经知道，怎么样让生死树结出“万花果”了，万花果令人有内视长生之能，但又怎么样，万花果其实应该用去种万花树才对，所以她不愿跟大家说，怕孙老神仙拿去给人治病！昨晚上她舍得去打扰万花树，长出万花果给她的弟子吃，那小子还不知道，是遇到了多么大的好运气。

我？

我在朋友们中间，一定是最差的那一个。

蓬莱方家武学“文武双全，无所不精”的宗旨是有问题的。小时候我向父亲学习，以琴棋书画机关医术皆通为能，亲朋好友来到我们家，母亲就让我画画、弹琴、写字给他们看，陪他们下棋，等到他们口口声声夸我为神童，母亲就会笑逐颜开，我也会心中暗自喜欢。当我来到这些了不起的朋友中间的时候，我明白这是一个狂妄的想法，我们每个人只能在一种技艺上得“道”，我们只有通过一扇门才能成“圣”，我们也只有走一条路到底才能到达“长安”，所以，我没有进入“万花七圣”之中，他们有人叫我“谷主”，有人叫我“校长”，言下之意，固然是表扬我的召集之功，实际上，也是在委婉地提醒我与朋友们的“半招”的差距吧！

但我已经不在意这些了，我明白了父亲与祖辈的路是错的，就回过头来，重新审视我自己。我将朋友们的技、艺、道引入武学，形成“万花内功”“万花武术”“万花阵法”，以《总纲》《武经》《棋经》《书经》《医经》《琴经》《杂经》七部，编成《万花秘笈》。我将朋友们的弟子编入内务部、弘道部，将仆役编入聋哑村，将年轻人接引到谷里来，待他们学成后，又派到江湖上去历练，去修行。所以我的一点贡献，是找到了这个地方之外，还努力地形成武“学”，建立流“派”吧。有一天，孙老神仙对我说：“宇轩，以后我们都会死，但万花谷不会，会有人进来，有人出去，我们的琴棋书画诸艺会一点一点进步，达到我们梦想不到的境界。你小子做的事，并不比你爹差，你是人乘一路，你爹修的却是辟支佛。你爹太要强，养出来你这个儿子又太谦逊，唉，果然是一阴一阳易之道，一文一武周之道！”

孙老神仙的这一番评价，也对父亲讲过吧。十几年来，由我们的通信里，由他来万花谷不多也不少的访问里，我觉得他已经接受了万花谷，就像接受了我这个没有替他抢回来“天下第一”的“不孝”儿子。

可是我们现在遇到了麻烦。司徒一一的木人已经能够使用《万花秘笈》，木人能造出新的木人，新的木人能够造出更新的木人，我与诸圣客卿悟出来的“技”“艺”“道”，是由弟子们传习，还是交由这些木人呢？老实讲，我自己不知道。

我们结庐而居，形成万花谷的时候，正是大唐的盛世，我们总以为会一直生活在这个盛世里，那些奸臣悍将，无非是盛世里面的一点调剂，但是现在这个烈火烹油的盛世已经走到了尽头，去年入谷的孩子们，还有在江湖上历练的弟子，都带来了坏消息。“三清”的预感没有错。天地风来草木腥，我们还能继续躲在这片谷地里，来谈论琴棋书画医道武学吗？我也不知道。

我还不知道，与碧玲该怎么办？她终于没有答应蓬莱岛上的少侠们，由东海来到中原。她也没有像我母亲当年那样，失望而返，而是坚定地追随我，隐居在绝情谷已经二十年了。江湖上都讲东方宇轩是一个绝情的人，实则真正绝情的，是那些花间的浪子啊。有一天宇晴跟我讲：“我现在也是一个女人了，我知道碧玲阿姨非常孤单，非常难过。”孙老神仙也开导我，说：“宇轩啊，你莫信练什么童子功，阴阳都调和不到一起，所谓一团纯阳，最后就是练成一团火烧了自己！”感谢这位老神仙，无论如何，一个人不仅要有朋友，还应该有“家”。可是我的确已经习惯了一个人，让一个头发星白的老少年，去“紫薇花对紫薇郎”，这个不容易。

可是，我还能让碧玲再等下去吗？

父亲是对的，他又来到万花谷。他已经知道这些事，不是他用强能解决的。他输给剑圣的半招，是输给天道的，天道高不可问。他在摘星楼上念李白的诗：“危楼高百尺，上可摘星辰。不敢高声语，恐惊天上人。”他说，要听清“天上人”的话，自己说话没有用。可是，他其实就是“天上人”啊。

昨天深夜，立在绝情谷的荷塘边，他对我讲：“宇轩，十年前，我在这里遇到你，要你专研剑法，打败剑圣，你不同意；要你回侠客岛振作‘蓬莱方家’，你也谢绝了。你十年生聚，建成万花谷，聚万花七圣成今日规模，为父我是赞赏的。我几个孩子，曲云一个女孩子掌了五毒教，歧路多艰；鹤影他性情褊狭，不堪大用；宇谦于我也算半个儿子，天资又有限。你们几个都是我爱的孩子，但予你，我寄望尤深。打败剑圣是武道之极，振兴方家是我们的血裔责任，其实都没什么了不起，我们不做，总有来者，这些年我也看淡了，我心中最为看重的，还是我这个‘苍天君’的天命。”亭亭新月映着他沟壑密布的脸。果然，正如我与七圣们所猜想的那样，他，天下第一奇男子方乾，就是这一任上的“苍天君”。我们都听说过“钧天”“苍天”“变天”“玄天”“幽天”“皓天”“朱天”“炎天”“阳天”等诸“九天”，他们对应着天下九野，代代相传，个个能翻手为云、覆手为雨，搅动江湖，更替朝廷；他们出入神秘莫测，行事也踪影难定，他们其实就是出没在人世上的神。

我心中暗凛。他又说：“有唐承平太久，荣华富贵，百恶滋生，不用一场血雨腥风，如何荡涤得干净。‘玄天’‘幽天’二君已在北方有所动作，安禄山史思明等的作乱，绝非他们两个胡儿一时心血来潮。”

原来如此。按我们的计划，去刺杀安禄山也是无用的。安禄山之后，会有安福山安寿山安禧山，史思明之后，也会有史思暗史思黑。我们能刺杀得了玄天君与幽天君吗？传说中的“九天君”万人如海一身藏，却玩弄天下于股掌。

我问他：“父亲会站在大唐这一边，会站在天下黎民百姓这一边，对吗？”

他盯着天际的北极星与北斗七星，脸上的神色深不可测：

“天下不是大唐天子的天下，如果是，秦皇汉武不服气；天下也不是天下人的天下，如果是，万物万族不服气；天下也不是神佛圣人的天下，如果是，鬼魅妖魔也不服气。天下只是‘天’的天下，魔道消长，阴阳更替，治乱相间，大道曰易，席卷天下入洪炉，洪炉中，天子名臣，游侠豪客，升斗小民，都一视同仁，我们九天君替天行道，不问对错，不问善恶，也不问生死。”

他回头深深地看着我说：“宇轩你也可以做苍天君的，九天君跳出凡俗，逍遥自在，虽无人世幸福，却有造化自由。”

仿佛又回到十年前，我们在三星望月边的谈话。

“父亲，我相信人道，并不相信天道。天道惟微，人心惟危。如果这个盛世一定要玉碎，万花谷也会保存这些碎片，并心力将它们用心血重新聚合起来。以人力去寻求天道，非宇轩所及。”

我的语气比十年前更见坚定了。父亲点点头。站立在荷塘边，我向亭中碧玲告别的时候，他还站在莲花间发呆，如神如魔，令人生畏。

话说回来。人定真的可以胜天吗？天道此刻，“天上人”此刻，大概是在水月宫前吧，站在那三个少年与木人刑天斗法的一念之间。

东方宇轩想到这里，手捻黑须，脸上浮现出微笑。

“四十而不惑。”圣人有言，这位圣人他说得多么好。

对面方乾却睁大眼睛，朝东方宇轩背后的大枫杨树朗声道：“树后面的孩子，你快快出来，跟侠客岛方岛主问个好！”

二

如果东方宇轩不去送方乾出谷，而是坐在水月宫前，坐在七圣客卿们中间，他未必笑得出来。

如同当年剑圣与方乾的天子峰五局决战。袁安、上官星雨、李离三人组与刑天的比试，五场已过四场，千难万难，堪堪成为平局。五场比试其实是昨晚经七圣在摘星楼中讨论反复设定，务求万无一失。七圣们已知刑天经过司徒一一千百次测试，特别是头颅中插入数百片龙甲后，已刻入《万花秘笈》，计算之丰富周密，远胜万花谷弟子。可毕竟它是木头，不是人啊，是人就会出错，出错就会有风格，有性情。七圣与袁安等三人相处已有半年，予他们的琴棋书画的能力与风格，都是了解的，琴棋书画，最见性灵，东方宇轩蛮有把握，通过四试将刑天击败，让司徒一一依誓放弃木人的研制，由他的魔道里回头。所以昨夜七圣以两阵调教袁安三人后，对今天的比试，还是蛮有把握的。

可是水月宫前的比赛，并未按照英明神武的谷主的谋划，按部就班。木人刑天已懂“谋划”，或者说，能够对诸圣的谋划做出谋划。它第一试以静制动，模仿三人的画而出新，出其不意，走出一小步；第二试又故意抢先，仿三人的心绪作出琴曲；如果不是第三试它无“心”而写心；第四试又运气不佳，以“媪妇谱”设局，被三人将计就计引入绝境，恐怕前四试就已让三人出局了。不过这些都不要紧，第五试，武术的比赛总归是要上擂台的，双手双脚，真刀真枪，这个任凭你们多少玲珑心思，总还是要拳脚上见真章。说到拳脚，嘿嘿，刑天由玄铁、龙甲、绯石、檀木而造，身高十余尺，力量无穷，按其战力，三五十人都不是他对手，火攻？第四试刑天指尖冒出火苗，是内火激发，如果启动身后的灭水水袋，其实可保无虞。以司徒一一的想法，什么琴棋书画，万花谷说到底是一个学武的地方，打就够了。因此第五试打斗之试，司徒一一是十拿九稳，毫不担心。

围观的弟子往后退，留出水月宫前更大的空地。诸圣客卿也撤去了几案，站起来退到潭边观战。刑天慢慢走到门前的阳光里，起手式即是花间游中的“倚天”：出左脚，右手举起司徒一一给他的一把两尺多长的尺子，尺子黑黝黝的，一边平直，可以画线，另外一边有锯齿，可以作锯，司徒一一自己不会武功，却常将这把尺子带在身边，将之称为“鲁班尺”。袁安使刀，李离用剑，上官星雨找颜真卿讨来了一对判官笔，喜气扬扬地抄在双手里，他们三人，自然是排成昨晚冲破万花七圣“七绝逍遥阵”的天地三才阵的架势，依旧是袁安在前，李离在后，上官星雨在中间。

“啪”颜真卿双掌一击，袁安持刀跃进，跳到刑天身后，李离以内力提纵，用剑格挡刑天的鲁班尺，刑天身前的空地，则由上官星雨挥舞判官笔上下跳动。这是三人眼神一对，拟出的第一个方案，袁安李离前后夹攻刑天的上半身，它前后应对时，由星雨以笔点穴：孙思邈老先生探查过刑天的脉息，它应该也是有简单的经脉与穴位的吧！

没想到，刑天虽然身材高大，身体却是出奇地灵活。它左手少明指一点，将袁安由身后劈来的刀刃捏在手里，右手鲁班尺搭住李离的剑，力量吞吐，一招傍花随柳，即将李离连人带剑，吸引在鲁班尺上。袁安、李离两个自小学艺，身体强壮，拳脚功夫本自不凡，可与刑天玄铁龙甲间的机械之力比较，却是小巫见大巫。刑天关节滑动，双手齐甩，将袁安带刀，李离持剑，越过众人头顶，扔到前面揽星潭里。“扑通”一声，“扑通”一声，“扑通”又一声，原来上官星雨也被它起左脚踢出来，正好落到袁安李离之间：司徒一一虽按经脉布置出刑天的身体，却并不完全依循人身的奇经八脉，而是改造得更加隐秘、坚韧、简易。上官星雨的判官笔全然不对孔窍，一通百花拂穴手下来，刑天不觉得疼，只觉得痒，它岂是惜香怜玉之辈，一脸平静，学着星雨一招“快雪时晴”，顺脚就将星雨踢飞出去。

三个少年由碧波中冒出头来，爬到岸边，早有弟子七手八脚将他们拖上草地，忙不迭地压胸捶背，控尽吞入口中的潭水。那边司徒一一冷笑道：“颜兄我看比试到此为止吧。我制造刑天的目的，除与诸位的七绝逍遥阵较量之外，还想令它与少林寺渡如方丈、剑圣拓跋思南较量。它研习既久，武技已出神入化，这三个少年，远不是对手，再往下比，难免有性命之虞。”

颜真卿沉着脸不说话，只是将目光投向岸边三个湿淋淋地站立着的少年。

“这是死架。我们继续打。”少年们抹净脸上的水珠，已双脚点地而起，流电弹丸一般朝刑天射来，空中运起花间游内力烘烤衣服，等到落到刑天面前，夏风已经能够干爽地掀动他们的衣角了。

我们的命，在风陵渡以北，本应该送给叛军与长安的，现在，刑天兄，你提前要的话，先拿去好了！

刀、剑与判官笔都留在了揽星潭底，让龙龟照看一下，等一会再去捞吧。我们仨来过万花谷，揍过刑天，然后死了，这就够了！

三人此番决意与刑天比拼内力。他们由万花因秘道出来，曲折的通道与奇妙的遇合，已令他们内丹初成。入谷六七个月，二百余天，受到七圣，特别是子虚道人与乌有先生的精心调教，直到昨夜，孙思邈老神仙先后组两阵，以七绝逍遥阵为他们伐骨洗髓，以落星惊鸿阵的“长针”为他们渡入真气，尤其是后面一阵，诸位师父知道三人今天要大战刑天，事关万花谷存亡，非同小可，七人相加，五百余年的修为，三人取沧海一粟，都受用不尽。因此三人的内力，实则已非同凡响，才有后面宇晴领他们去炮制万花果之举。现在，该将这些由诸位老师由不同的地方、不同的领域里修养出来的灵力，派上用场了。

三人成扇形将刑天围住，踏着禹步团团转动，刑天前突，挡住它的人则后退，后面两个合力芙蓉并蒂攻击它的后腰，等刑天转过身，一人以阳明指接战后退，另外两个又攻击它后腰，依次轮转，场面难看，却也非常有效。刑天一时风车似的，在三个人的人圆中心转动，但是以刑天的体力，恐怕也要等游戏的三个少年累瘫，它才会站定下来定定神吧！

袁安、上官星雨、李离三人心中既有计划，施展轻功，左一招瑶台枕鹤，右一招凌霄揽胜，前一个蹑云追月，后一个迎风回浪，向上又是扶摇直上，不慌不忙，蛱蝶穿花一般与刑天周旋。时间一久，围观的弟子看得疲了，心想，说好的比试成了老鹰捉小鸡的游戏嘛。一边诸圣客卿却深知厉害，知道这三个人慢慢地越转越快，身体中的内力随着掌力激发出来，与刑天的内力纠缠在一起，在织成看不见的内力的网，稍不注意，被甩出来的人，就会遭形神俱灭之祸。

三人踏正禹步，慢慢想起七绝逍遥阵诸多变化，瞻之在前，忽焉在后，三人六掌，六种掌力也产生出变化，带动刑天因应。刑天虽然灵活机变，但身形庞大，又处在三人中心，之前弈棋时头脑中龙甲转动飞快，散发出奇热，它仿佛知道自己宜慢不宜快，遂慢慢将速度放下来。所以在众人看来，好像越转越快的阵圈，又回过头越来越慢，到后来，刑天索性盘腿坐下，平抬双掌，任由三人提纵往来，它自己倒是屏息运气，以不变应万变了。

李离等的就是这一刻，毫不犹豫地站到刑天身前，双掌一推，就贴到了它巨大的木掌之上，后面上官星雨、袁安随即移动身形，星雨将双手印上李离后背，袁安将双手印上星雨后背，三人一起发力，梦歌夜思，水月无间，花间游内力如三条河流汇合到一起，源源不断经李离的掌心，冲向刑天的木掌。

刑天的经脉虽是由司徒一一仿照人的身体，一经一脉搭建而成，后来司徒一一又有修正，增加了不少新路，由玄铁串连起来，故刑天的内力遇强则强，像一面经过改造的镜子，可将得到的光数倍反射出去。三人甫一运气，就觉得刑天返回的真气浩然无匹，生寒噬骨，如海潮一般，向他们兜头笼罩过来，原来，刑天坐地，就是来引动他们三人前来与他比拼内力的。李离脸色通红，形色惨然，一边颜真卿已经看出三人被刑天诱入内力比拼，头上白汽如云蒸霞蔚一般涌起，低呼一声不好，一边站着的苏雨鸾林白轩夫妇就想下场去助三人一臂之力。司徒一一一脸怒容，双眼红赤如火，将他们拦了下来。

李离看到刑天的头顶亦蒸腾出白汽，觉得它的手掌越来越热，它会像刚才弈棋时一样冒出火苗吗？如果它内火攻心，它对战的我们，也会被烧成焦炭一般，李离心中惕然，只觉得自己双掌如炙，好像是贴在两块烧红的铁块上，司徒一一完全可以将它的内力转换成火焰喷射出来吧，他放弃掉，可能是觉得一个会喷火的木人，这样太像变戏法吧！春窗曙灭九微火，九微片片飞花琐。原来这句诗也可以说这个！刑天的暗火会黏着手掌，钻入对手的经脉，对方越是内力强悍，所受到的暗火的席卷就会越快。小时候，李离听父亲讲厨子们烤熊掌，就是让冬眠醒来的熊在烧红的铁板上站立跳动，直到双掌被烤熟为止。唉，我们三个人，也被刑天变成三头狗熊了。

打不过，就躲啊！

想起宇晴的话，李离一咬牙，将内力传递到左手，右手收回，手刀骤起，向自己的手腕切去。喀喇一声，手腕应声而断，鲜血射到刑天身上，令它悚然一缩，不防备之下，它左手一空，内力反噬，眼中红光闪烁，颓然向身后倒去！

这边李离已趁断腕的工夫，顺势向前，带着身后的上官星雨与袁安飞箭一般射向水月宫的屋顶，三人在屋瓦中翻滚不已，半晌才稳住身形。

上官星雨撕下早上刚换的白裙子的裙摆，就去替李离裹伤，他的左腕空荡荡的，左手已经赫然留在了水月宫门前的空地上，五个手指头还在微微震颤。上官星雨一招“春泥护花”，发动离经心法，以手为针，弹指，生息，月华，清疏，微潮，行气血，束彼，渐催，述怀，零落，夜思，展秋，十指纷飞，如琴圣弹琴，棋圣布子，工圣凿木，画圣点墨，书圣行笔，击出“南柯”“青屋”诸奇穴，指法奇准，内力在指间哧哧激发出来。又一招“听风吹雪”，手掌贴住李离的中丹田，将自己的内力缓慢而坚定输给他。瞬间止住血，扯动白绸条缠着缠着，小姑娘的眼泪就像雨水一样滚落出来，开始还是抽抽噎噎，很快就成了倾盆雨。一边哭，一边将太素九针做得这么好，洛阳城的女儿，上官家的丫头，厉害的。李离咬紧牙关，用右手拍着她的肩：“你别哭啊，泪水里有盐，疼的。这只能怪我爹没有将我的名字取好，离了长安，离了家，乱世流离，现在左手也离开了我。你看你叫星雨，就会哭得像下雨似的。袁安的名字多好，他就没事，本来他是大哥，他应打头接掌的啊。吴耕，你看人家都不用来，种田打猎，多好啊。不过现在你武功这么好，以后也没谁能欺负你了，去江湖上行医救人，也会是响当当的万花名医，我这下半辈子，也有得指望了。”星雨被李离哄得又是哭又是笑，心想，没左手也没什么，好妮妮，以后我照顾你好了，等血止住了，打垮了这个贼木人，去求一行大师做一个假手，虽然比不上你那个熊掌腴白清肥，也能凑合用。本来司徒一一可能会做得更好，但现在这样子，我也不想求他了。司徒先生，我们这个梁子，算是结下了，日后得暇，上官星雨会向您请教的。

她胡思乱想的时候，一边袁安也支起身体，从屋顶上手脚并用爬过来，一只手上还扯着一头巨大的鸟。

小鲲！

原来我们在水月宫前搏命的时候，你躲在上面偷看啊！不要怕，木人没什么了不起，我们都知道你是一头勇敢的讲义气的鹏。

下面司徒一一大声喝道："你们三个，赶快认输，刑天已经站起来了。"

他们三人往下看去，果然木人刑天已经摇摇晃晃由地上爬起来，定定地站到了空地的中央，双手叉在腰上，抹去李离溅射到它脸上的血，一双石眼，抬头看着屋顶上的三个人，一脸的淡漠。

"等等，我们就来。"星雨将李离的手腕裹好，与袁安一起，将李离扶到鲲的背上，然后星雨与袁安一前一后爬到李离的身体前后。星雨一拍鲲的脖子："走，鲲，我们跟这个坏蛋木人还没完！"

小鲲铁铸一般的双爪往屋顶上一撑，挺直脖颈儿，带着三人往水月宫黑云一般俯冲下去。

三

吴耕背着麻袋，小心翼翼地由枫杨树皱纹密布的树干后走出来，脸上斑斑点点溅着晴狼血。他可不知道这是一对奇异父子古怪的告别，两个人对着别人有说不完的话，单独遇到一起，就是两根木头。之前，两人在亭中枯坐，讷讷无言，枫杨树上的一对灰喜鹊差一点就要冲下来在他们的头发上做窝。

"你叫吴耕，你昨天吃了万花果，你现在是帮你宇晴师父去找晴狼舌、鹿茸、花猴肉做飞龙卧雪，对吗？"东方宇轩盯着这个孩子，之前他们四个由万花因秘道钻出来，他五感俱失，被送去聋哑村，算是运气最差的。现在，他得到第一枚万花果，也算是否极泰来了吧，这可是孙思邈老神仙也求不到的好运气。

“是的，谷主，我已经在晴昼海边猎到十五匹晴狼，现在来逍遥林，还要找十五头麋鹿与十五只花猴，它们藏在树林深处，并不好找，打扰到谷主与这位爷爷，抱歉。”挺懂礼貌的小子嘛，看样子并没有被聋哑村的那一批恶仆带坏。

“这个爷爷可以帮你找！”方乾睁大了眼睛，之前在东方宇轩面前，他都板着一张苦脸，但是在宇晴和其他孩子面前，他的苦瓜脸一下子就跳闪出慈爱的光辉。

“谢谢爷爷！”那小子将麻袋放到亭子中间，乖乖地坐到方乾旁边，方乾将手搭到他的肩上，说：“你看这逍遥林，几万棵树，阳光照着，风吹着，被大路与小路串连起来。你闭上眼睛，想象这片树林被淹没在水里面，你会听见各种不同的声音，鸟叫、虫鸣，风吹着树叶哗哗作响，每一种树，被风吹响的声音都不一样，大树与小树发出的声音也不一样，你能听出它们离你有的远、有的近，对不对？”方乾一边说，一边将自己的内力通过吴耕的肩井穴一丝一缕传入他的经脉里，嗯，这孩子的内力并不弱啊，内息之强，如海潮一般，万花谷随便钻出来一个孩子，都有这么好的资质，宇轩自己武功尚可，识人之能却百倍于我嘛。

东方宇轩听出来了，是的，这是海岛武学中的“海龙眠”。小时候，他带我去沙滩上游泳，也教过我，说海龙雌雄一对，常常翻转身子，将肚皮朝向蓝天，在大海上漂浮，在海浪里睁开眼睛，张开耳朵，去看，去听，去了解大海，人在大海里，也可以这样的，好像你溶入了整个海洋，而海洋也溶入了你，所以是练内功一个好办法。我按照他教我的办法去试，慢慢地，就可以看到铺满细沙的海底，各种海鱼一层一层在水中嬉游，看到红红绿绿的珊瑚上，水母缤纷，海蟹与海龟小心地爬动，海虾忽然跳出来，搅起一片沙尘；可以听到海浪摩擦着海浪，在不远的地方，啃咬着海岸，而在更深的深海里，大船由海面上经过，鲸鱼与海豚一群一群地游过去，它们会唱着歌，慢慢地，你听得出它们分属蓝鲸、白鲸、虎鲸、抹香鲸，有白海豚，也有鼠海豚，它们谈话、吵架，在和天丽日与狂风暴雨之下的大海里游弋。它们喜欢唱歌，不同的曲调，又繁复又好听。鲸鱼的歌，海豚的歌，只有拼命去听，才能隐约听到几个乐句，如果不是这样用“海龙眠”的内力去听，平时是根本听不到如此美妙的歌声的。那时候，他与母亲刚刚成亲，生下我，我们在蓬莱岛上，的确过着神仙一般的生活。

吴耕依言闭上眼睛，去听树林。果然，夏风吹过一棵一棵树，发出不同的声响，每一棵树上，都有不同的甲虫、飞蛾、鸟，在树林的深处，藏着不同的动物，随着它们的大小、种类不同，呼吸的声息、发出的声响也完全不一样。在整个树林之上，风吹着云，呼呼地南来北往，在树林之下，蚯蚓与蚂蚁翻动褐色温润的泥土，泥土之下，是哗哗流动的泉水。这些声响，又被各种各样的气味缠绕，丝丝缕缕，厚薄不一，像一张网，网上的每一个结点，就是一棵树，一只动物，一只飞鸟。它们稍一动弹，就会让整张网颤动起来。多么奇妙的世界，这是昨天在聋哑村外的水稻田里举着镰刀满头热汗收割稻子的吴耕无法想象的。

“你知道鹿的叫声，鹿的皮毛的气味的，再听听看？”方乾道。

果然，吴耕发现了鹿！在离亭南三五十丈的地方，有三五只鹿正在小口小口地啃着青草，再往南去二三十丈，又有五六只鹿，在几棵大树围成的一片空地上散步，将身体唰唰地蹭到树背上，好大的树，风都很难吹动它们。再往南去，七八只鹿，它们好像……是在为争夺一头母鹿打架吧，好几只鹿都呼哧呼哧喘着气，啊啊啊地叫着，它们身上也有一股特别浓的香气，深远绵长，沁人心脾，缠绕在幽暗的林樾！

吴耕点点头，对方乾说：“爷爷我听到了，在我们亭子周围一百丈的范围里，　共有二十只麋鹿，我去用点穴截脉法点翻它们。”一边说罢，提起麻袋，提气跳上亭顶，消失在树林中。

“不要找小鹿，一头鹿折一只鹿茸就够了！”方乾朝吴耕的背影喊道。

“这孩子吃下了生死树长出的第一枚万花果，他六识可能是全谷第一。”东方宇轩对方乾说。

“难怪他一学就会，唉，我年纪大了，剑法上求胜负的心思也淡了，不然我也要去吃一枚万花果，再去找拓跋思南那小子比试比试，对，他大概，也是与你这般年纪的中年人了，剑圣也会老的。”方乾微笑着说。

“父亲您还记得剑圣的那半招剑法吗？”东方宇轩问。

“梦一般的剑法，很难忘记。但对我已经不重要了。拓跋思南他只有剑，他就是一把剑。其实，他跟刑天没有区别的。我还在人间，我有自己的岛，有你母亲，你，还有……我们在这个世界上活过，吃过苦，受过罪，流过泪，笑着过来，这才是重要的。你的万花谷很好，它是有情感，有温度的，有义气的。”

方乾说着，一边竖耳去听：“不说这些了。你押上赌注的这四个小徒弟，现在有三个扑通扑通掉进了揽星潭里，有一个呼哧呼哧，点倒了十五头麋鹿，正狗熊掰棒子一样在掰鹿茸呢。”

说话间，吴耕背着麻袋，已由亭后的大枫杨树上跳下来，他的麻袋明显变鼓了嘛。“爷爷你的办法真不错，我花了一两个时辰，才猎到十五只晴狼，这十五只鹿茸，一转眼就掰到了。

方乾一脸慈爱的表情注视着他。

“我们接下来听一听猴子，你可能要听到更远，才能听出在逍遥林里出没的那三四个猴群，猴王领着三五十只母猴、小猴和被他打败的公猴，由一棵树贼头贼脑地跳向另一棵树，发出的窸窸窣窣的声音，就像蚕吃桑叶似的。你去抓它们的时候，放过小猴子与母猴子，只在那些垂头丧气的公猴子的手臂上割一条肉就够了，它们被你惊吓一场，后面的几天就会老实很多，你们聋哑村种的西瓜也会丢得少一些。”

吴耕背着麻袋，站在亭子中间，阖目听了半晌，脸上露出喜色，点墨山河，跳上亭顶，朝逍遥林西北奔去。

“你的弟子都很好，裴元、阿麻吕、紫晴、谷之岚他们也很好，万花谷的弟子在江湖上行侠仗义，治病救人，为别人活，为这个盛世活，这个很好。我差一点也变成了刑天，为自己的天下第一，没心没肺地活着的刑天。也许，是该与九天君那些老伙计好好说说了，九个大刑天，真的有意思吗？”方乾说这些的时候，一直倾耳朝向水月宫的方向。

他发现了万花谷，他并没有置身谷外，其实，他与孙思邈老神仙、子虚道人、乌有先生一起，像从前的商山四皓一样，是谷中四老，是这个万花谷的根基吧。

“父亲，我已经想明白了，就是刑天赢了，万花谷也不会输，无非是我们再找一个地方，再建一个万花谷。”

方乾点点头，将慈爱的笑脸给了四十多岁已经头发花白的儿子。放下执念并不容易，就像他当年放下天子峰，放下蓬莱岛。将少年意气与骄傲沉埋，中年的壮志与决心就会像万花果一样长出来。他有了自己心中的侠客岛，东方宇轩也会有真正的万花谷，那将是风雪无法掩盖、世界板荡也不会摧磨掉的万花谷。

“吃了晚饭，明天早上再走吧。您还没有尝过宇晴做的飞龙卧雪，其实飞龙卧雪的秘密，就是多放几个柠檬。宇晴跟王知味学做菜，她的厨艺长进不小。”东方宇轩郑重地提议。

“算啦。算啦。飞龙卧雪夜归人，今宵梦醒人不在。我对南方菜举不起筷子。你妹妹曲云的事，以后你要多担待，我老了，该回侠客岛了。我一次一次地发誓，不要再回中原，又一次一次地破誓，已经被江湖人耻笑多年了。”

母亲元沧鸾听到他这句话会高兴吧，母亲也该放下她的执念了，海鸥声声，海浪阵阵，她等候的人，终将回来。

“十五只花猴的肉，我也齐活了。那些被打败的公猴子由一棵树跳到另一棵树，像梦游似的，肩上割下一块肉，才好像被惊醒过来，都朝猴王与母猴子扑过去，撕扯在一起，它们有得闹的了！”吴耕由枫杨树上跳下来，他的麻袋果然已经装满了，殷红的血由粗麻布里渗出来，腥气扑鼻，不知得宇晴姑娘用多少只南国秘传的柠檬、多少串巴蜀风云的藤椒才能够克服掉这股子腥气。

“小子，你莫急着去找你宇晴师父，你来帮爷爷我一个忙！”方乾让吴耕将麻袋放到亭子边上，坐到他身边来，春泥护花，清心静气，发动养心诀。

“你刚才听到的，是这片逍遥林，你再试试看，能听到整个万花谷吗？”

“可以。我能听到碧玲阿姨在绝情谷里织布，孙思邈老神仙躺在赏星居的床上咳嗽，风吹着摘星楼檐角的铁马叮当作响。我还能听到我们聋哑村稻田里布谷鸟在叫，溪水环绕着谷地在哗哗地流，风吹着云由万花谷上空过去，好像吹着大地上的一个笛孔。”

“黑小子你听听水月宫试试？”

“一群人围在水月宫的门前，他们屏息静气，大气都不敢出。在门前的空地上，有三个人与另外两头巨兽在打斗，一头可能是鹏，另外一头，我听不出是什么。它没有呼吸，也没有心跳，但身上有一种特别的力量让经脉跳动，那感觉……好像就是大海的潮汐，一涨一落。它散发出淡淡的龟甲的臭味，还有铁锈的味道，檀木的味道，嗯，还有石头的味道，就是我们在万花因秘道里闻到的石头的味道。”神奇的万花果，它令吴耕的视觉、听觉、嗅觉都变得无比敏锐，无比清晰、鲜明、细微，不可思议。

“那就是木人刑天，它面对的是大鹏鲲和骑在鲲上的三个少年，昨天我在生死树上见过他们。他们非常了不起，已经被木人打倒了两次，又重新站出来了。你想帮助他们战胜木人吗？”

原来木人这么厉害，比十五只晴狼、十五只麋鹿、十五只花猴加在一起，还要厉害。袁安、李离、上官星雨，难怪你们不让我去，你们是担心我刚刚恢复过来，不是这个木人的对手。

吴耕眼眶一热，毫不思索地回答方乾：“我这就去水月宫，您帮我把这只麻袋带给宇晴师父吧，小心血滴到了您的袍子上！”

“你不用去，黑小子。你听得出这个木人经脉一涨一落的声音对吗？”方乾问。

吴耕点着头：“很低很低，但是又很厚很厚，一层一层的，像牡丹花的花瓣一样，对，就是万花因的山洞里，那朵绯石刻印的牡丹花的感觉，仔细去听，觉得好寂寞，一个叹息接着一个叹息。”

方乾站起身，走出亭子，站在逍遥林的林间路上，由肺腑里发出长啸。吴耕点头：“对，爷爷，木人的经脉就是这么跳动的。”一边东方宇轩运起“海龙眠”谛听父亲的那常人无法听见的啸声，心中已经明白，这就是小时候他在海边听到的鲸鱼唱歌的声音。

“我们一起来。”

方乾、东方宇轩、吴耕三人站在大路中央，周围是逍遥林茂盛的林木。他们运气，气自丹田，由肺腑冲向喉头，高低错落，一层一层，像大海中的波涛，星空中的涟漪，回环成一个一个漩涡，奔涌向前，如此低沉，如此浑厚，如此悲伤，如此孤单，久久不绝，由逍遥林扩展到万花谷，好像山谷与谷外一层一层的山峦，都像莲花牡丹花的花瓣一样，在回应着他们的清啸。

方乾的啸声老成，东方宇轩浑厚，吴耕清亮。

方乾历经世变，少年时横扫中原，遇剑圣而受挫，七战败北，天子峰的失败实则是最好的醒酒药，让他由天下第一的迷思中惊醒，退回侠客岛潜心苦修，终于将蓬莱武学融会贯通，成就苍天君的果位。每一分内力都是我们过去修行的印迹，每一种变化都是对江湖达成的了解。东方宇轩能听懂父亲啸声中的起伏与变化，贯入的浩然之气，他就是在东海里修行出来的龙。

东方宇轩的啸声却是金声玉振，是白马鸣于谷，是凤凰啼于林，他的花间游内力，得到了万花谷、终南山、秦岭的山川之助，得到了万花七圣种种绝艺的启发，又回应了父母所授的蓬莱武学，自是清峻浏亮，雄秀奇丽，大雅和俗，苍天君又岂能听不出？

父子两人将内力提升到十分，全神贯注于长啸里，两股长啸或交织，或分开，若即若离，如剑舞，如棋弈，如兵阵，如书法，亦敌亦友，五行生克，仿佛苍龙与灵凤游戏于茫茫宇宙。

东方宇轩心里想，由父子到朋友，我们从来没有这样惺惺相惜过，这是一种奇妙的狂喜的感觉，我应该对碧玲讲一讲。我终究还是接受了父亲的挑战，我没有输，对他也没有畏惧。他接受了我这个儿子，就像我接受了这个像天神一样的父亲。我们终于讲和了。

是因为这一枚万花果而讲和的吗？吴耕的啸声如清亮的小溪，如嫩红的根芽，如新生的蛙卵，细微却生生不息，隐现在方乾与东方宇轩的两股长啸里。

可惜这样的海龙眠鲸歌，在绝情谷里忙碌着择菜做饭的方碧玲与宇晴听不见。

对战中的袁安、上官星雨、李离听不到。

万花谷中屏息围观的几百人听不到。

万花谷外盛世繁华中的几万万人也听不到。

千万里之外的鲸鱼，听得见，它们会在深海里回应。

他们自己听得见，祖孙三辈人，山垂海立，山呼海啸，热泪盈眶。

木人刑天，也听得见。

两岸猿声啼不住，轻舟已过万重山。

如果刑天的身体里也有一艘船的话，它绝不是下万重山的轻舟，而是在滟滪堆中破碎的航船。

小鲲黑云一般俯冲下来，翅膀挥动起旋风，夹着灰土，刀子一样刮过水月宫边众人的脸，处在风眼中的刑天，猝不及防，也噔噔噔后退了好几步。袁安在前，指挥鲲往还飞翔，上官星雨与李离由两侧顺势出腿，他们处在高处，鲲又比站在地面上的刑天要灵活得多，所以两人每次都可踢到刑天的头，虽然踢到一堆石块与龙甲上，将脚尖硌得生疼，但是，真解恨。失去了身高与灵活先机的刑天，只好双手抱头，在空地上踉踉跄跄，好像被他的主人司徒一一灌了几斤烧刀子酒似的。事实上，刑天不吃饭，不喝水，也不喝酒，它玄铁在身，运行不息，不眠不休，只是被司徒一一刻写了感觉到疼痛与麻痒的龙筋，它被人家公子小姐踢得不爽罢了。弟子们见到刑天挨打，每一脚落到它的头脸上，都会引起一阵欢呼，只有颜真卿、司徒一一等人，黑着脸，继续观战。这时候太阳已经越过头顶偏向了水月宫西侧，光辉渐减，大半个白天的时间，就在他们的缠斗中堪堪逝去了。

鲲再次冲下来，它回转的时候，头朝着西方，阳光正好射入它的眼眶内，鲲稍一迟疑，它身下的刑天，忽然站直了身体，两拳格开李离与上官星雨的腿，收回双拳后，向上一跃，一手一个，紧紧地握住了鲲的脚跟！鲲大吃一惊，下意识地向上怒飞，将刑天带离地面，李离与上官星雨一左一右，下探身体，去踢刑天的手臂，刑天计算周密，双手紧握，腰上用力，左盘右旋，双脚暴风骤雨一般，一会踢向李离，一会踢向上官星雨，连在前面控鹏的袁安，也着实挨了几下。

弟子们的欢呼变成了惊叫，局面完全倒转过来了。他们三人在天上踢打地下的刑天，固然是有地利，可等到刑天也来到天上，抓住鲲脚，向他们连环踢打时，他们却是逃无可逃，避无可避。鹏背上的腾挪终究是有限，各挨了刑天十几脚，三人用花间游内力护住身体，饶是如此，也是被刑天的一双巨脚踢得鼻青脸肿，一身是伤，腰臀间血肉模糊。

鲲愁眉不展，没想到由水月宫的屋顶上站出来，加入战团，反而帮了三个孩子的倒忙，它拼命蹬腿，想将刑天甩脱，奈何刑天的双手铁爪似的，又热又烫，让它心慌意乱，它又不敢过分摇晃，担心将那三个孩子由背上颠簸下去，刑天是石头木头做的，可这三个孩子是肉做的啊！

与其让刑天将我们沙袋一样，踢到吐血暴亡，不如我们跟它拼了，袁安咬紧牙，示意鲲往三星望月的三根山针飞去，小鲲，你撞到那陡峭的山岩上去吧。运气好的话，将刑天撞倒。

运气不好的话，我们会死，你也会死，但是刑天，也就散架了，它一身的龙甲与石头会被撞得粉碎，与我们的身体一样，会掉进三星望月下的山石与溪流里，我们赢不了，司徒一一也赢不了，但是万花谷会留下来，再不会变成木人谷。

李离在袁安的身后，自然是明白他的意思，上官星雨抱住李离的双手也夹得更紧。三人一身血汗，在刑天狂暴的踢打里抱在一起。

死，没有什么的。

兰摧玉折，玉石俱焚。鲲一声悲吟，毫不犹豫。作为一头鹏，它从来没有违背过控鹏者的心意，只是可惜了这一肚子的玉石，花了那么长时间将它们五光十色地攒起来，现在又要重新回到万花谷的溪水与青草中去了，唉！

还有那只没有等来的公鹏，还有那些蛋……

鲲已经闻到了摘星楼下山石间青草的气味，它的头离峻嶒的石针也只有几丈远了，它觉得爪子上的刑天虬曲的身体猛然松弛下来，握着它双爪的手也失去了炙人的热气，腰腿直直地下垂，竟是老老实实地挂在了它身下。

它害怕了？它也怕死吗，变得这么老实，好像一条龙，被在大海边嬉戏的哪吒将龙筋抽掉了。

鲲犹豫了一下，一偏头，身体绕摘星楼的飞檐擦过去，檐角如刀，间不容发，只在毫厘之间。

上官星雨睁开眼，往下看垂吊的刑天，刑天的身下，是绵延不绝苍翠如碧的逍遥林。她看到方乾爷爷、东方谷主、吴耕三个站在林中的大道上，引颈长啸，可是，她听不到他们的声音。

他们在帮助我们。并不只有我们三个人、一只鹏在战斗。

他们难道是在念什么咒语，让刑天的心智混乱了？

万花谷是不相信魔法与符咒的啊！

“鲲，你现在可以像摔死一只晴狼一样，将它摔碎在山岩上了，但请你再等等，你绕着三星望月继续飞，我们看看，刑天到底遇到了什么，它会不会认输。”袁安拍着鲲的脖子，低声对它说。

刑天抓着鲲的爪子，它的头立在鹏腹的右侧，脸向上微仰，瞪着眼睛，仿佛一脸惶惑与迷茫的神气，头发被风吹得上下飘飞。

上官星雨弯腰将双手放到刑天的头上，它也没有避开。袁安将双手放上来，接着是李离的右手。就像昨天晚上，他们在宇晴师父的指导下，去内视生死树，他们运起花间游内力，闭上眼睛，让灵识进入刑天的身体。

它的大脑千回万转，散发着透明的红光，真像去年那个雪夜，他们进入的万花因秘道。多么严密，精巧，司徒一一将千百个孤寂的夜晚，都花了这里，将自己一个人关在天工坊内，一个字符，一根线条，如何将大小不一的龙甲串连放置在一起，如何让它们互相转动，互相刻写，互相记忆，这大概是我们盛唐最细微、最精妙、最孤单，又最疯狂热烈的一件事吧：造出一个木人，让它成为我们自己，超过我们自己，难道最高的技艺，不就是复刻出我们自身吗？只是现在，好像狂潮四起、飓风吹散，刻写在一片片龙甲上的线条与文字好像都消失掉了，龙甲变得光滑洁白，就像武则天皇帝立在乾陵的无字石碑一样。离开迷宫一般的头脑，往下，是千百条龙筋串连起来的身体。由喉咙穿过去的时候，粗的有指头粗细，细的龙筋比发丝还要细，它们伸曲盘绕，将由绯石刻成的骨节钩连铆接在一起，这些都是司徒一一向一行和尚学到的法门，他们搭起来骨架，比人天生长出来的都要好。它没有我们需要的胃、肝、脾、肾、肠，也没有我们怦怦跳动的“心”，只是在脊柱的中央，有一块玄铁，正在荧荧发光，这是它力量的来源吧，就像七绝逍遥阵的阵眼一样，第一场我们有刀、剑与判官笔的时候，就应该攻击它的后腰的。它的手臂、它的腿，精妙的双手双脚……上天造出了生死树，司徒一一在一行人师的基础上造出来的刑天，和生死树一样神奇，它的确是万花谷的骄傲、奇迹，一个能说话、能打架、能思考、有情感，而且一往无前的木人，但是，这是人的世界啊，一个没有“心”，却有着精密头脑的木人，已经被我们三个证实，就是一场梦魇。

“你们能感受到它的脉息吗？”袁安问。

上官星雨与李离点点头。

是的，能感觉得到的。来自玄铁块的力量，通过龙筋，进入脑部的龙甲与身体中的绯石骨架，自反而缩，一张一翕，层层叠叠，如歌如泣。

“它的身体里面，好像有一支曲子在回旋，很低很慢，我听不见，但我能感觉得到它。”星雨说。

“我觉得就是这支曲子，它可能被方乾爷爷、东方谷主、吴耕他们发出的长啸覆盖了，然后，刑天脑袋中的龙甲上的字符，被一页一页地互相涂抹掉。它由《万花秘笈》里学到的那些武功都丢失了，好像盐一样，溶进了水里。”李离一身是伤，左腕也痛彻心扉，这样的好消息来得及时，是能够缓解疼痛的。

“你是谁？”星雨盯着刑天，问。

刑天摇动它硕大的头颅。

“你知道七绝逍遥阵吗？”

刑天摇头。

“你知道万花谷吗？”

刑天继续摇头，一脸茫然。

“你想到哪里去？”

刑天一脸悲伤。司徒一一并没有给它安排好眼泪。

这其实是一个复杂的世界，它并不能完全理解。

家，它的家在哪里？是天工坊吗？

我的家是在川中吗？八台山的春天多么美，鲸鱼一样跃起来的山峰，野花野草密布在山岭上。我父亲名叫司徒经南，被唐门的大总管唐怀智所害。我的母亲名叫宋思，父亲死后，她也撒手尘寰。我不为他们报仇雪恨，誓不为人。

它关于武功的记忆，关于万花谷的记忆，关于它自己的记忆，已经被谷中激荡的清啸涂抹得干干净净，但这一段记忆的刻写却还在，无法磨灭，它是由一片一片的龙甲拼合起来的记忆。

这是由这些龙甲拼出的最初的命令，也是司徒一一在它的头脑里留下的第一句话，它本来就是按照司徒一一的样子造出来的，它就是理想中的司徒一一自己。在过去的二十年里，仇恨像火焰一样烧烤着那个矮小的其貌不扬的川中汉子，就像他在天工坊里锻造龙甲与绯石的洪炉，炉中火焰愈烧愈烈。万花谷不是他的新家，仇恨才是，虽然他已经不太记得父母的样子，但是，为了这一段仇恨，他可以与天下人为敌。

刑天的手已经抓不住鲲的爪子，它身腹中的玄铁块的光芒变得黯淡。鲲只好反过来，自己用双爪将它提着，由三星望月返回，朝水月宫飞来。等它站定在水月宫前，将刑天摆直平躺在地上，让三个少年依次由背上跳下来的时候，万花弟子们终于爆发出了欢呼声。

颜真卿方正的脸上也绽放出一丝微笑，他向司徒一一揖首道："袁安、上官星雨、李离三位弟子通过了万花七试第七试，可擢升为我谷正意弟子。多谢司徒兄玉成。"

司徒一一叹了一口气，也不回话，由怀里掏出他的"鲁班尺"走到空地上，蹲在倒入尘埃的刑天身边。

巨大的木人平躺在地上，闭合眼睛，脉息奄奄。司徒一一在斜阳中凝视既久，默然翻转鲁班尺，将有锯齿的一侧架到刑天粗壮的脖颈上。矮小的匠神拉动鲁班尺，上下飞舞，动作轻盈优美，他刚学会摇摇晃晃走路的时候，父亲就教他拉锯，现在，已经有三十多年过去了，他锯过无数木头，包括给父亲做棺材的那一棵金丝楠木。

袁安牵着鲲，与李离、上官星雨离开水月宫的时候，回头去看，司徒一一已经锯下刑天的头，拎着它的头发，将头颅背在背上，一手拎着他的碧落黄泉棍，朝另一侧的天工坊走去。幸亏刑天没有眼泪，也没有血，要是有的话，这一路淅淅沥沥，也够明早聋哑村的木头叔来清扫冲洗大半天的。看着看着，三个少年的眼眶就湿润了。

刑天没有头颅的身躯躺在已经变得微红的阳光里，之上是水月宫的白墙黑瓦，再之上是无垠的蓝天。

刑天舞干戚，猛志固常在。

你站起来啊，来与我们继续打架……你归根到底，并不是神话里的那个天神刑天，被人砍掉脑袋，还能以乳为目，以脐为口，提着刀片砍人。

小鲲跟在袁安的身后，终于长吁了一口鸟气，它的鸟脑袋里忽然想到的是，也许我应该去啄几片刑天的龙甲吃，这样，说不定我也可以变成一只能说话的神鸟。

四

绝情谷，荷塘月色，月色中的轩辕亭。宇晴姑娘的“飞龙卧雪”已经上桌啦！将十五条晴狼舌、十五条花猴的臂肉、十五只麋鹿的鹿茸，用盐巴、藤椒、胡椒、茴香、孜然、干姜、八角、丁香、月桂叶、肉桂、桂皮、陈皮、薄荷、香草、豆蔻、九层塔、百里香、茶叶、迷迭香、薰衣草、鼠尾草、番红花甘草、紫苏、芝麻、罂粟籽、芥末、兴渠、食茱萸、罗望子、石榴、香茅等三四十种调料烤出来，之外，还要特别加上南疆刚刚传入的辣椒。有人说，这种辣椒就是火苗凝固得来的，川中试制的豆瓣酱，有人讲，它的滋味比唐门的暴雨梨花针还要好。南越传来的鱼露，这种鱼露在未制成的时候，奇臭可以熏死很多人，制成后，随便一罐汤加上一滴，就会变成佛跳墙。对，还有宇晴家乡的柠檬树上结成的柠檬，生酸苦涩，却又余味绵长，放多少颗，宇晴谁都不会说，除非……是那个以后用家乡的采茶歌俘获她的少年郎！

每一条肉切成的厚薄不一样，烧烤的生熟不一样，涂抹的香料不一样，互相配合在一起，形色不同，滋味不同，层层累累，摆放在已经切成丝缕的白莲花瓣上，奇香散发出来，沿着松木的亭柱上升，遇到茅草屋顶，又下降四散，扑入众人的口鼻里，令人食指大动、涎水漫溢，好一道“飞龙卧雪”：此味只应天上有，人间能有几回尝。

堆金积玉的飞龙卧雪之外，还有工部的弟子们由落星湖里捞起来的鳜鱼、鳊鱼、白鲦鱼、清水虾，一只三四斤重的鳖，被熬成了乳白的浓汤。鸡鸭猪羊之外，聋哑村的菜地，也到了丰收的时节，黄瓜短茄子长，瓠瓜豆角正当行，腴肥的白菜、苋菜、紫苏、空心菜，还有宇晴特别吩咐摘来的木槿花、南瓜花、忘忧草、槐花，采摘到的鸡枞、松露、蕨菜、马齿苋。宇晴与碧玲阿姨在绝情谷的小厨房里忙碌了一个下午，连四个心爱的徒弟的死活都无暇放到心上，终于在七月初八新月亭亭升上东边的山顶的时候，弄出了这一个水陆杂陈、南北交融、荤素配合、乡野味与都市感并重的“轩辕宴”。十年后，要是逃难蜀中的当今皇帝李隆基闻到此番热气腾腾的食味，也会拨转他的“轩辕车”，对随行的龟丞相蟹将军蚌宫女们说：“朕不要去锦官城，快快带着朕与贵妃去万花谷，贵妃其实藏在黄梁村，并没有死。”但是就是他想来，能穿越过时间的重廊，宇晴姑娘也未必会同意。

因为飞龙卧雪虽然好吃，但是分量也是有限的。团团在座的东方宇轩、万花七圣、子虚道人、乌有先生、碧玲阿姨，加上裴元、紫晴、谷之岚三位尚贤弟子，再加上袁安、李离、上官星雨、吴耕他们四个，十八双筷子猛虎下山一般破飞龙、踏卧雪，每人又能有几回过屠门而大嚼的机会？唉，李离那小子，左手没了，吊着个绷带，也不知道能不能多抢到一筷子，上官星雨你一定要帮帮你的小郎君。不仅是星雨，碧玲阿姨也很疼你的，万花谷就是需要这样知疼知热、有情有义的少年郎，这一点，东方谷主得好好向你学学。不，还有第十九个，鲲！这家伙挤在亭角，脖子却拼命地往桌子上探，它今天立下了大功，再怎么，也得赏它一条晴狼舌不是？

不该来的人别来。宇轩大哥命人去请司徒一一，裴元回来说，水月宫、天工坊的工部弟子回报，司徒客卿回到天工坊，将刑天头颅中的龙甲拆下来，放进麻袋里，又装上了几件换洗的衣服，在天黑之前，已经去云锦台，打开万花因隧道，走了。他不会武功，走得慢，可能现在正在山腹中打着火把，用他的碧落黄泉棍挑着大麻袋赶路呢。宇轩大哥、一行大师听到，叹息了半天，他未必属于这里，谷外大难将生，他是有用武之地的，这是一个被九天君选中的人。但是宇晴却觉得，他走是对的，不然坐在我们中间，一言不发，满脸悲苦，两眼赤赤，会多么尴尬！

不该走的，也别走啊。方乾爷爷你就是一个老骗子，骗元沧鸾奶奶、魔刹罗姑奶奶，连宇晴我这么乖的孙女丫头也不放过，说好了来看我，来尝我的飞龙卧雪的，却匆匆忙忙要回你的侠客岛。吴耕说，我也想拉住这个慈眉善目的好爷爷，他领着我们在逍遥林的林间路上清啸，内力就像海潮与星空似的，无边无际，他的武功到底是有多厉害啊，万花谷需要这样的师父，就像少林寺需要扫地老僧似的。吴耕你说得对，可是他是属于侠客岛的，他一路披星戴月地回去，明天早上，在海滨朝霞里散步的沧鸾奶奶看到他由海船上跳下来，脸上不动声色，可是心里一定是像千万朵牡丹花开了似的，又甜蜜又开心。

说起来，我们很多人会走的。颜真卿大哥刚才来的时候，将写好的“轩辕亭”三个字挂在这个亭子上，他说“轩辕”就是“帝车”，就是北斗七星，现在帝车将要蒙尘，需要以血去保卫，他的堂弟平原太守颜杲卿、他的好友御史中丞张巡都在领兵拱卫中原，他也得去。万花七圣也像北斗七星，万花谷也像轩辕，颜大哥说他不会忘记在这里度过的岁月，也不会忘记谷中的朋友与弟子，如果他不死，一定会回来。唉，颜大哥的字写好了，学问也见长了，我没想到的是，他原来是这么一个深情的人。孙思邈老神仙也会跟颜大哥一起走，他说山外战乱一生，势必饿殍遍野，恶疾肆虐，他们这些医者，哪里还能求长生、炼仙丹，治病救人最要紧，都快二百岁的老家伙了，血还这么热，裴元、紫晴、阿麻吕都会跟他去，上官星雨与她的小郎君李离也会跟他们一起走。

他们七个人，会是一个新的“轩辕”吗？“不求独避风雨外，只笑桃源非梦中。”万花谷本来就不是桃花源，家国变难，先去管管家国吧，风雨平息下来，请你们务必重返桃源。“轩辕亭”这三个字，写得真好看，好像将万花谷里松树与柏树的魂都搜走了似的。

但我们还会有人留下来，子虚道人、乌有先生，宇轩大哥、碧玲阿姨，一行大师，积薪大哥，雨鸾姐姐、白轩大哥，还有谷之岚、袁安与吴耕这些弟子，我们会为四海之内的万花谷子弟守好这个温暖的“家”。只是鲲这个家伙，可能就不能像以前那样过舒服日子了，它得由中原到万花谷，几百里飞来飞去，不过它最近飞行术好像大进了。一旦孙老神仙与颜大哥他们有事，我们当天就会出现在他们的城池里。颜大哥对宇轩大哥讲：“你们在万花谷，万花谷的灯不灭，就像天上的北斗星不灭，我们在明日中原的血海里，就不会怕。”

会暂别这孤寂出世的万花谷，这云淡天清的万花谷，以后会一剑一琴，纸笔医箱，孤我一人，孤鸿一般漂荡在江湖上。但那些记忆，落星湖畔吟诗，仙迹岩上探梅，水月宫外成器，三星望月观星，晴昼花海漫步，绝情谷边逝水，处处都有着我们珍贵的记忆。花语酥心，水月无间，碧水滔天，玉石俱焚，花间无情，离经有义，亦正亦邪的万花谷，能文能武的万花谷，让人痴迷、留恋。不悔！师长之恩，朋友之义，情人之爱，我们离开了，但是我们的梦魂留在这里，我们的念想留在这里，我们曾经一起聆听过风花雪月，春夏秋冬，万花秘笈，同门夜话。

这是为了告别的宴会。

这是为了重逢的美酒。

我们举起筷子的时候，得努力忍住眼中的热泪。

宇晴催袁安、吴耕两个新加入的正意弟子给师父、师兄们斟酒。清冽的酒液红似琥珀，哗哗倒入琉璃杯，酒香四溢，令人陶醉。

碧玲阿姨说：“你们莫要以为这真的是‘猴儿酒’。白雪皑皑，冬月盈盈，黄粱有梦，万花有因。谷外黄粱村谷酒第一。我将去年冬天宇轩在黄粱村扮‘老黄’用金叶子换来的谷酒，倒进绝情谷后山花猴们常去酿酒的一个树洞里，由它们投入各种各样的果子，中间它们浪费了多少，糟蹋了多少！我将由树洞里收回的酒，又掺兑用聋哑村的粳稻与落星湖的泉水酿出的醴汁，放在万花谷的山洞里，藏了半年，才得出这五坛酒，昨天被方乾伯伯喝掉了一坛，也只剩这四坛，便宜你们这些老猴头、小猴头了！”

东方宇轩一手拈着胡须，一手端起酒杯，微笑着看方碧玲说完话，转头对亭中酒席上众人说道：“宇晴与碧玲辛苦了。菜好不好吃，舌头知道，酒好不好喝，喉咙知道。明天大家上路的上路，留下的留下，但今天晚上，我们要一醉方休。”

那边孙思邈老神仙拦住了大家的筷子：“宇轩你们等等，我这个老家伙还有话要讲。我活到两百岁，别的没什么，就是大家入席喝酒之前，一定得听我唠叨两句话。”

几句话，大家都笑了。老神仙昨晚主阵输功，吃了一点苦头，在赏星居咳嗽了一天，现在已经好了，鹤发童颜，精神健旺，明日出山，拯救黎民于水火，一定会将牛头马面、孟婆阎王气个半死。

孙思邈道：“宇晴你这个丫头，以后要叫宇轩‘爹爹’！碧玲你遇到方乾那个骄傲的老小子，也不能喊伯伯。宇轩我走后，赏星居空了，你住在觅星殿，一个人也没什么意思对不对，乖乖地搬到绝情谷来。我们出中原回来，看到绝情谷里晾着尿布，宇晴抱着弟弟妹妹，方乾、元沧鸾那两个倔头倔脑的东海蛮子老老实实地来带孙子，方乾由着娃娃骑在脖子上，沧鸾乖乖地去潭边洗尿布，这才是我喜欢的万花谷。好了！吃饭！我们老家伙多吃菜，你们年轻人多喝酒！”

一边默默无言盯着“飞龙卧雪”生闷气的工圣——他可是一直在万花谷坚持吃素的正经和尚，这时候也兴致勃勃地开了腔：“宇轩老弟你也不要怕没有人抱孩子，宇晴小妹也不要怕没人帮你带弟妹，我刚才想啊，这木甲人咱们还是要做的，不往它的脑袋里塞龙甲，也不要用绯玉给它做筋骨，就用咱们万花谷的木头，做那种又和气又勤快的木头人，做饭的做饭，抱孩子的抱孩子，形形色色，各司其职，给宇轩带孩子的，我也想好名字了，就叫阿甘，它会有一双跑得很快的腿。”对的，万花谷还会造木人，由水月宫、天工坊，一锤一凿，造出来的那种不要情绪也不要情感的精巧木人。万花谷也会造人，新人们进洞房，掩上门，关上窗，跳上床，如此如此，这般这般，造出来的会哭会笑，会走会跑，会让人着恼，又会让人由心里去疼的粉团团、胖嘟嘟小人儿。谷主您努力，弟子们也会好好学。

东方宇轩蚊蚋一般地答应着。

方碧玲风韵犹存的俏脸却是变得通红，如同那酿了数月、变成琥珀色的猴儿酒似的。

但是众人已经顾不上他们俩的忸怩作态了，心中的猛虎，嗅着这美食好酒已经太久，现在已经到了不放它出来它就会跳涧的地步。

七月初八，群星历历，新月如金，夏风如扇，荷香如阵。

万花谷，终南山，大唐，南赡部洲，婆娑世界。

明天我们在江湖上各奔前程，今宵且让美酒安慰华年。

有分教："清宵思爽然，好凉天，瑶台月下清虚殿。神仙眷，开玳筵，重欢宴，任教玉漏催银箭，水晶宫里笙歌按。光阴迅速如飞电，好良宵，可惜渐阑，拼取欢娱歌笑喧。”

（文中多处引介化用古人今人诗文，未必合乎大唐开元天宝年代，为与读者诸君互文游戏计，未一一标记，识者哂之。飞廉。）

2017.11.07 武汉

本作系国家社科基金项目“武侠网络游戏超文本叙事研究”（17BZW169）阶段性成果。

图书在版编目（CIP）数据

万花六记·壹 / 舒飞廉，剑网 3 项目组著 .

-- 北京：新星出版社，2019.1

ISBN 978-7-5133-3295-8

Ⅰ.①万… Ⅱ.①舒… ②剑… Ⅲ.①长篇小说－中国－当代 Ⅳ.① I247.5

中国版本图书馆 CIP 数据核字 (2018) 第 269124 号

幻象文库

万花六记·壹

舒飞廉，剑网 3 项目组　著

策划编辑：陈　曦　张泰亚
责任编辑：汪　欣
美术编辑：张恺珈
责任印制：李珊珊
封面插画：山　魂
装帧设计：阿　鬼

出版发行：新星出版社
出 版 人：马汝军
社　　址：北京市西城区车公庄大街丙3号楼　100044
网　　址：www.newstarpress.com
电　　话：010-88310888
传　　真：010 65270449
法律顾问：北京市岳成律师事务所

读者服务：010-88310811　service@newstarpress.com
邮购地址：北京市西城区车公庄大街丙 3 号楼　100044

印　　刷：天津行知印刷有限公司
开　　本：910mm × 1230mm　1/32
印　　张：6.5
字　　数：120千字
版　　次：2019年1月第一版　2019年1月第一次印刷
书　　号：ISBN 978-7-5133-3295-8
定　　价：42.00元